日蝕

日蝕

平野啓一郎／著
鹿玉／譯

聯合譯叢 100

目次

《日蝕》臺灣新版序

我的出道作《日蝕》能夠在臺灣重新發行新裝版，令我非常開心。

《日蝕》是我在二十一至二十二歲時所寫的小說。我將這部作品投稿到日本的文藝雜誌《新潮》之後就出道了，隔年便獲得芥川龍之介獎。當時的我還是京都大學法學部的在校生，因而引起了很大的迴響。從這個意義上來說，我的出道可謂十分幸運。

從那以後，至今的二十六年間，我出版了長篇小說、短篇小說集一共十六部。此外，若再加上散文隨筆和對談集等，就已出版超過四十本書籍了。

這十六部小說雖然能看出某種連續性，但每一部都採取了非常不同的風格和主題。若有讀者已經讀過臺灣譯本的《日間演奏會散場時》、《那個男人》、《馬賽克下的裸露》，可能會對這些作品與《日蝕》的巨大差異感到驚訝。這與其說是刻意為之，可能更多的是出於我的本性。我是個每次作品的風格都會大幅改變的小說家，在日本的讀者們是這樣認識我的，也有些讀者正是對我的這種變化感到有趣，然而，當部分作品被翻譯到海外時，我就經常給人一種作品風格難以掌握的混亂印象。

我想稍微談談《日蝕》創作的背景。

我出生於一九七五年，並從八〇年代後半到九〇年代開始認真閱讀小說，這段時期，日本的泡沫經濟正好達到顛峰，隨後崩潰，便開始進入後來被稱為「失落的三十年」的經濟衰退時期。我們這個世代是日本「失落的一代」，面臨到「就業冰河期」的就業困難。在第二次世界大戰後的日本，我們是第一個預感到，也實際感受到無法過上像父母輩那樣富裕生活的世代。

在政治方面，雖然東西冷戰結束是好事一樁，但緊接著就爆發了波斯灣戰爭，而日本在是否參與戰爭的問題上，動搖了戰後作為和平國家的立場。雖然日本致力於改善與東亞、東南亞各國的關係，但右派人士對於戰爭責任的議題則出現了反動，至今，這種芥蒂仍然存在。整個社會失去了認同，瀰漫著虛無主義的氛圍。

不只是漠然的停滯感，一九九五年，也就是我京都大學一年級時，發生了「阪神淡路大地震」。我親眼目睹了始料未及的都市毀滅之慘狀，震驚無比。京都與災區近在咫尺，因此朋友中不乏有人必須過著避難所生活，或失去親人。幾個月後，東京又發生了奧姆真理教地下鐵沙林毒氣事件，那完全就是字面上的，世紀末的末世氛圍。

另一方面，網際網路才剛剛起步，還未普及到一般大眾，人們的想法無處表達，鬱積在心裡，有一股非常令人窒息的閉塞感。

我漸漸不知道自己到底該如何在這個世界上活下去。雖然想要活下去的心情強烈到讓人折騰的地步，但卻完全看不見未來。

身為一名法學部的學生，我對學習法律不是太投入，但對西方政治思想史的講座卻有著強烈的興趣。我花了兩年的時間聽講，深入學習從蘇格拉底以前到法國當代思想家如德希達、德勒茲等的這兩千年間的西方思想史，也參加了討論課，受到專攻海德格的小野紀明教授的深刻影響。另一方面，我雖然不是文學部的學生，卻一直在寫小說。我強烈地想要成為小說家，因此大量閱讀，也可以說是胡亂雜讀。也是從那時起，我就開始自學文學史和宗教史。

我對漢斯・約納斯的諾斯底主義相關著作產生了興趣。諾斯底主義認為，這個世界是巨匠造物主德謬哥這位「惡神」所創造的邪惡之地，必須要向善的宇宙至高神尋求救贖；有一些思想運動受其影響，並在之後，於歐洲歷史裡像是地下水脈一般被承繼下來。我特別關注中世紀末期，一個在法國南部被稱為卡特里派的異端運動。由於瘟疫蔓延與戰禍而對這個世界感到絕望的人們，對諾斯底主義的思想產生共鳴，而對自己施加極端的禁慾，夢想著死後的來世能到達至高神的善良世界。

對此，基督教的聖道明為了對抗被稱為卡特里派「完美者」的領導者們，也自行貫徹清貧，在各地進行布道，開始了新型態的傳教活動。

在此之前，我一直認為基督教是一個禁欲的、宣揚神的國度優於這個物質世界的宗教。從世俗主義的角度來看確實如此，而且從保羅、奧古斯丁、聖額我略一世開始，其對身體的認識也是悲觀的、否定的，我本人也特別受尼采的影響而如此相信著。然而，與卡特里派這樣的異端相比，中世紀後期的基督教中也出現了像讓・熱爾松這樣對身體持更加肯定態度的觀點。托馬斯・阿奎那引入了亞里斯多德的哲學，建構了從這個物質世界直到上帝的巨大連續等級制度，藉由目的論的世界觀，在神學的層面對這個物質世界進行了價值排序。此外，贖罪神學強調基督的人性和受難的意義，這與早期基督教重視基督的復活和神性形成對比。更甚，之後文藝復興時期對身體的讚美，也已眾所周知。

對於身體，教會在歷史上從未有過統一的看法，其對肉體和物質世界也並非全盤否定，而是一方面與靈性生活保持著極其微妙的平衡，一方面維持著肯定的態度。我雖然不是基督徒，但在這個時期重新對基督教產生了非常強烈的興趣。

無論如何最重要的是，在基督教中，這個世界是由神創造的，而且為了贖人類的原罪，基督道成肉身。這兩點和諾斯底主義有決定性的差別，因此，在基督教中是絕不能完全否定這個世界的。

在九〇年代後半的閉塞感之中，我對於那些醉心於卡特里派的人們的絕望感產生了共鳴。但另一方面，身為一個二十歲左右的年輕人，雖然對這個世界感到厭煩，但除了活在這個世界上別無選擇，而且我強烈地感受到，我想要活下去，我必須活下去。

因此，我又從另外三個思想運動來探討這些中世紀末期的人們與現實世界的關係。

一個是異端審判和女巫審判。

當維持共同體的價值觀大幅動搖時，我們會將異質的存在視為「惡」，藉由與之對抗、排除，來確保共同性。

當我們互相對視彼此的臉，會意識到價值觀的差異而產生斷裂，但當我們敵對地注視著同一個對象的時候，就不會在意身邊的人與自己的差異。德國政治思想家卡爾・施密特將政治的本質定義為區別敵我，這在今日仍然可以看到，是一種空虛且往往極其有害的連結。而在女巫審判中進行的拷問，則可以看到一種非常激烈的欲望，試圖從這個肉體和物質世界當中將「惡」排除並加以淨化。

另一個是煉金術。煉金術一向被理解為一種試圖將物質變成黃金的荒謬嘗試。然而，其實際的工作並非直接改變物質，而是以製造能夠實現這種變化的「賢者之石」（內文譯為「哲人石」）為目的。我將這個「賢者之石」解釋為一種能將微不足道的物質世界賦予價值的工具。黃金是價值的象徵。

煉金術的圖像是以「對立的統一」為主題的奇想寓言世界，光是盯著看就會讓人興趣盎然，而不只是荷米斯和瑪爾斯等希臘羅馬神話當中的神祇，「賢者之石」那透過死亡和重生而被擬人化的姿態，也與基督的形象有重疊之處。「賢者之石」被描繪成一種能發揮萬能神性之物，不僅能將物質變成黃金，能夠治癒疾病等等。從這個意義上說，製造「賢者之石」的工作也可以解釋為試圖將物質透過人工的方式「道成肉身」，獲得神的超越能力。當然，這是一個無比異端的想法。

煉金術也有開創實驗科學先河的一面，亦留下了如酒精蒸餾等成果，但是，科學是藉由化學變化來嘗試改變物質並賦予價值，相對於此，煉金術則始終是神學的魔術。

最後，第三個，則是神祕主義。這是超越物質世界和肉體，與神合一的體驗，但神祕主義者們無法一直停留在那種狀態，一旦回到現實，他們便要以曾經與神合而為一的肉體在這個世界上繼續活下去。就修道士而言，像艾克哈特大師和聖十字若望等人，則留下了許多基於這種視野的講道。

這三種面對瀕臨崩毀的中世紀末期世界的態度——試圖淨化現實、試圖為現實賦予價值、試圖超越現實——深深吸引了在九〇年代末的日本煩惱著如何過活的我。而我作為一個想要寫小說的人，便決定將這三者結合在一起，同時將那些要被經歷的事件和空間，設定在南法的一個小村莊。

這些元素自然而然地融合，故事遂由此誕生。這麼說也是因為，在那些展現煉金術工作過程的寓言當中，也不乏有場景能讓人聯想到女巫審判的拷問和火刑，而且，煉金術裡「對立的統一」這一思想，在神祕主義者們那超越理性認識而達至神的視野中也經常出現，所以至少在表象層面上，這三者是相互關聯的。

就我個人的生命態度而言，我希望像煉金術師一樣，用語言來為現實賦予價值。我是這樣理解亞杜．韓波的〈語言的煉金術〉這首詩的。但是，對讀者來說，我則期待閱讀我的小說，能成為超越這個沉重現實的神祕主義體驗場。作品中，有個跨頁完全空白的場景，本作正是為了那個空無一物的頁面而寫的。

寫完《日蝕》之後，我的第二部作品是《一月物語》，這是一部幻想小說，描寫日本的現代化與浪漫主義的接受，以及其如何與佛教「空」的思想彼此矛盾。然而，我不能一直用神祕主義者的角度來寫小說，所以第三部作品，我寫了一部大長篇小說《葬送》，其中以七月王政時期的巴黎為舞台，並以蕭邦和德拉克洛瓦為主角，更具體地處理了人類之間的溝通問題。當時，日本的文壇瀰漫著一股犬儒主義，認為小說這種文類已經終結了，所以我的這個嘗試，也帶有重新審視現代和現代小說的意義。

之後，受到美國九一一襲擊事件和網際網路普及的衝擊，我為了尋找一種新的小說表現形式來承載這個現實，而連續寫了一段時間的實驗性短篇。我開始以當代日本為舞台寫作長篇小說，是在《決壞》（二〇〇七年）以後的事了。

今天，閱讀《日蝕》有什麼意義呢？這個時機點，剛好英譯版也已經出版，所以我重新回顧了這個以遙遠的中世紀末期歐洲為舞台，同時深深反映了九〇年代後半日本閉塞狀況的故事，並且發現，這裡所提出的問題都還不能說是「已經解決」，反而看起來有更加惡化的態勢。這與其說是我所預言的，倒不如說是九〇年代這個時代本身就帶有的悲傷預言。

然而，如前所述，這個作品的創作動機，是尚未完全成為小說家的我「想要在這個世界上活下去」的強烈欲望。其中充滿著只有青年期的小說家才能夠擁有的那種緊迫感、那種自我激勵人生的力量。

能夠再一次與臺灣的讀者們分享當時我最需要的那種體驗，是我至高無上的喜悅。

二〇二四年十一月二十五日　平野啓一郎

本文譯者　盛浩偉

一九八八年生，作家、編輯。著有《名為我之物》，合著《終戰那一天》、《華麗島軼聞：鍵》等，編有《一百年前，我們的冒險》等。

日蝕

平野啓一郎

鹿玉——譯

神把人類逐出了天堂，

並以焰火築天堂之藩籬，使人類無法再度接近。

——拉克坦修（Lactantius AD240—320）〈神之約法〉

以下是一份我個人的回憶，也可稱為告白。在告白之始，作為一個基督徒，我以神之聖名立誓，所言皆屬真實，絕無謊言。立誓在此有兩個意義需要闡明。一是對讀者所立的誓言。人們對這本十分怪異的書，不免將有所懷疑。我體諒這一點。因為，即便如何善意來讀這本書，書中所敘說的畢竟是一些令人難以置信的東西。倘若耗費言詞勉強取信他人，只會更加深人們的懷疑。因此，我只備註一言：我以神之聖名立誓，我說的每句話都是真實。立誓的另一個意義關乎我自身。我愈寫這本書，愈難忍耐自身所作的實驗，以至於想要謊騙敘說這一切。諸多念頭仍在心底隱隱作亂，幾乎使我想要中途擱筆，而這和說了謊言並無二致。為了防範這些事態，我以誓言執筆，以戒慎自己。

阿門，這無上的誓言，並請求主赦免我這拙劣的語言……。——

西元一千四百八十二年的初夏，我從巴黎出發，經過漫長的旅程，一個人徒步走到了里昂。在開始敘說這段回憶之前，我想我得先簡短地說明一下之前的經緯。

當時，設籍於巴黎大學，攻讀神學的我，在僅有的藏書之中，有一冊古老的手抄本。不過，說是抄本，其實既無一本書該有的體裁，也沒有封面，頁數四散似有脫落，甚至書的前半部都已經被撕下，因此，稱之為手抄本的一部分，也許還要來得適切一些。內容似乎是由拉丁語翻譯過來的異端哲學著作，但因連書名頁都已丟落，所以書名無從查考。

我是怎麼拿到這本書的，如今已經想不起來了。有可能是朋友旅遊外地帶回，而後讓渡給我；或是，借了之後忘記歸還的。我當時的交遊範圍並不複雜，所以真要查明這書的來由也不是做不到，但這事情本身畢竟不是那麼重要，略過無妨。

我對這殘缺不明的手抄本很感興趣。放在桌案反覆賞讀之餘，起了想要一探究竟的念頭。

不久，我先查清楚了書名，是一千四百七十一年威尼斯出版，費奇諾（Marsilio

Ficino）[1]的《赫梅爾文獻》[2]。為調查這書名，我頗費了一番工夫。因為這本書在今日雖然廣為人知，但在當時的巴黎，只有極少數人知道。因此，不管我費多少心思，總是無法找到這本書的原版，學術相關資源都已試過，但依舊徒勞。

有一位同儕，聽說我在找這本書，建議我到里昂去。根據他的說法，巴黎不可能找到這本書，但是，在與地中海諸國貿易往來頻繁的里昂，也許有可能找得到那種文獻。他認為，越過阿爾卑斯山到威尼斯，對我而言有些困難，但若只到里昂，還不至於那般辛苦。

當時我無法衡量這個忠告的可信度，但今日回想，這說法毋寧是可疑的。因為聖弗里安．謝皮耶（Symphorien Champier）把費奇諾的思想傳到里昂去，離當時還有一段相當久的時間。

1 費奇諾（Marsilio Ficino）：歐洲文藝復興時期人文主義哲學學者，強調人應從中世紀教會與國家的支配奴役中解放出來。將柏拉圖《對話錄》譯成拉丁文，對該代思潮影響頗大。

2 《赫梅爾文獻》（Hermetic Writings）：羅馬時代一部以希臘文所寫的論文和對話集，文獻內容多半關於占星術、魔術和煉金術。作者不詳。

不過，當時的我，無從判斷這席話的真偽；因為我既無充分的知識，也沒有足夠的時間。於是，儘管心中仍有幾許疑念，我還是聽從了同儕的建議，決定拿到學位之後，便隻身離開巴黎。

——這便是我去里昂的主要契機。我認為這些敘述仍不夠充分。以下將再補記一些其他的事態。上面的敘述，只不過說明了我踏上旅途的原因。

……前面我提到那種文獻。這指的是常見於地中海沿岸城市、百餘年前寫成的異端哲學著作。費奇諾的《赫梅爾文獻》即是其中最著名也最重要的一本書。我之所以決定去里昂，如前所述，確是為了找尋《赫梅爾文獻》。不過，今天回想起來，還有另一個可能的理由是，當時的我期待著在當地能蒐集到幾本那種文獻吧。

古代的異端哲學，一直是我關切的主題。那種關切，大膽而言，是一種和十三世紀以來聖多瑪斯所念茲在茲某種迫切的危機感相同的意識，或許可以稱之為憂慮。就像聖多瑪斯以我們的神學克服了亞里斯多德的哲學，我深切希望，能將異端哲學，以主之聖名界定其秩序與位置。我的憂慮，不只是簡單的柏拉圖正統性與後來亞里斯多德學派的相容問題，而是擔心一股即使在前述《赫梅爾文獻》中也未能言及，充滿脅迫力量的巨大海嘯，將吞沒所有有形無形的幻術與哲學，使我們的允諾無從實現。我擔心的即是這種無秩序的氾濫。河水奔流，固然孕育我們以豐潤漁獲，然而，水流一旦外溢，也必然要腐壞我們路上的麥糧。異端思想，正是這樣的一種東西。我們千萬要即時地、迅速地，防範異端思想氾濫導致信仰而瀕臨危機，防止其洪水翻沒我們秩序的根本。因此，對我而言，把神學與哲學予以結合，把已經泛有舊色澤的理想，賦予新的意義，且加以實現，我相信這是我在這現世的唯一使命。

……到了今日，回顧當時，心頭難免幾許苦澀。因為那樣意氣沸騰的我，在巴黎的同儕之間，是何等地受到冷落。

原因之一是他們總是樂觀的。對於我談論的異端哲學的威脅，他們大多數認為我過於杞人憂天。

也有人嘲諷我：

「這麼說，你應該要去當異端審問官才是，幹嘛大費周章來當什麼道明會士呢。」

這些不合致的勸告，當然不是我所希望的。

我無意否定異端審判制度。然而，當異端審問制度日漸失敗，我們應該尋找另一種足以阻止異端哲學氾濫的力量吧？事實上，當時充斥著不少沾惹金錢關係的女巫裁判，也有一些未經審慎考慮便將裁判權委交俗權。當然，我並非指所有現象都已變得如此。不過，即便我們能夠依照正常的步驟與運作，將異教徒逮捕而後處以火刑，但若放任那些引人步向異端的思想繼續存在，問題依舊不能完全解決。

我的想法，並非要排斥異端神學，而是要將他們納入吾之神學之中，使其安置從屬於吾之神學；從上面的行文，可以讀出這一點。事實上，異端哲學思想，在某部分來說具有真實性，但限於其無知愚昧，總不免陷入誤謬。因此，吾人應逐一審校其教義，就其誤謬之處予以駁斥論辯。

我之所以這樣主張，是因為我認為要完全放逐一種思想畢竟是不可能的。將具有哲學正當性的思想強加放逐，其正當性之基礎終究會再次復甦。屆時，就連其中謬誤的部分也將混同正當事物重新復活。因此，我們在徹底切斷那些錯誤質素的同時，也必須使他們的哲學完整地屈服於我們的教義之下。即使心理感到排斥，也不能任其荒置在我們的教義之外。有謂，即使是有毒的水，也能釀成葡萄酒——我相信這是可能的。因為《聖經》的教誨，的確存在一股巨大深遠的力量，足以使水成酒。

可是，有人對我這樣的說法不以為然，如此反駁道：

「那應該是你的傲慢吧。《聖經》的教誨的確像你說的無比深遠。比起《聖經》來，無知的異端哲學，是何等誤謬的東西呀。可是，為了反駁那些誤謬，關於這巨大的世界，你總得說出點什麼看法吧？而你不過是一個渺小的被造物，怎麼足以認識神創造的這個完整的秩序，又如何能去敘述它呢？更別說透過它而認識到神……」

同意這類說法的人想必不只一二。我之前特別引了通用的葡萄酒比喻，就是因為那樣說的人，必然會引用波那文都（Bonaventura）[3]的這個名句。

然而，我並不認為這代表著一種虔誠。甚至那只會讓我瞧不起他們。看他們微咧

3 波那文都（Bonaventura）：一二二一—一二七四，聖方濟修會會士。論補償，道成肉身的必要性乃是為了補償而存有。基督受苦在人裡面喚起對神的愛。論基督與教會，基督是教會的頭，將祝福傳遞給他的肢體。

著蒼白枯萎的薄唇冷笑，明明在乎身旁二三個同伴的動靜，卻又裝出輕視對方的神態，這種種故作姿態的作為，讓我打從心底感到輕蔑。——不過，根本原因說來，我之所以覺得他們的話語之中充滿猥瑣和怠惰，還是因為我們彼此主張有所差別所致。

當時我所處的位置，很難三言兩語交代清楚。表面上看起來雖然只是一趟為時半年的小小旅行，但以我當時的情況，學位已經拿到，教授職位也已確定，而我卻要擱下這一切去旅行，這使事態顯得有點兒不尋常。如此率性的決定，本就不太可能被接受，所以即使旅行申請得到認可，也無法保證我回來之後還能順利保有籍位。

我就讀大學的十五世紀下半，普遍論爭已經差不多結束，唯名論席捲了學識界。巴黎大學當然也不例外。即使在我所屬的聖道明修會之中，也有許多同伴信奉唯名論。這情形多少使我感到失望。因為我之所以來念巴黎大學，又成為道明修會的會士，全是源於我對聖多瑪斯的尊敬。我對阿威羅伊（Averroes）[4]主義及其衍生充滿詭辯意味

4 阿威羅伊（Averroes）：一一二六—一一九八，伊斯蘭哲學家。認為哲學和宗教是理論和實踐的關係：哲學認為的真理在宗教而言可能為錯，反之亦然。他的「雙重真理」論，使哲學得到一定程度的解放。

的雙重真理說心存芥蒂，雖說有李弗布努（Lefbvre）這個例外人物，但大體而言，他們對亞里斯多德學派過度不信任，另一方面，出於偏袒奧坎（Willian Ockham）[5]主義信徒的立場，他們認為亞里斯多德學派是一種該被破除的舊思想象徵，此外，對於聖多瑪斯所建構的神學體系（Summa）[6]，他們也有相近看法。

當然，我雖然被視為一個與年齡不相符、過時且怪異的多瑪斯主義者，但也不至於到完全被孤立的地步。在當時的巴黎大學，雖屬少數，但總還是會有一些人，受《衛護博學聖多瑪斯．亞奎那》作者加普雷奧路斯（John Capreolus）[7]影響，致力於多瑪斯主義的再興。在與他們交往的過程中，我經常假想自己若能早生個半個世紀，將了無遺憾。加普雷奧路斯是西元一千一百四十四年四月六日去世的，此外，這幾年寫出

5 奧坎（Willian Ockham）：一二九〇—一三四九，唯名論（nominalism）神學代表人物，與多瑪斯實在論（realism）思想對立；強調神學理論為哲學所無法論證，只承認聖經權威。

6 此指《神學大全》：多瑪斯重要著作，運用亞里斯多德學說來論證基督教神學，主張哲學與神學可同時存在，理性與信仰可並存，唯有主次之分，被稱為天主教神學理論之集大成。

7 加普雷奧路斯（John Capreolus）：一三八〇—一四四四。號稱「多瑪斯派的首腦」；主要著作為《衛護博學聖多瑪斯．亞奎那》（*Libri quatuor Defensionum theologae divi doctoris Thamae de Aquino*）。

一些傑出的多瑪斯註解書的樞機主教卡耶他（Cajetan）[8]則是一千四百六十九年二月十日出生，如此推算，在我旅行的那一年，卡耶他不過是個年僅十三歲的少年……對照這些時間，看來我投注於多瑪斯研究的那些年月，也許只能稱得上這兩座偉峻山勢間的一條微細溪涓罷了。

——話雖如此，作為一個多瑪斯主義者，我依然無法感到滿足。雖然我對聖多瑪斯神學常懷敬畏之心，但另一方面又常因為貪婪求知慾的驅使，總妄想進一步理解這世界，我常想，為了要試驗自己對神的理解程度，也許，我還是得跨越這道藩籬不可。因此，我與他人思惟之差異，與其說我偏執，毋寧是我的思惟經常處於一種曖昧不明的狀態。比如說，我一直無法包容奧坎的主張，卻始終對史各都（Scotus）[9]的研究，無論其部分或整體，感到分外親近。此外，在克服異端哲學這個課題上，我也的確深

8 主教卡耶他（Thomas de Vio Cajetan）：十六世紀神學家。

9 史各都（Scotus）：一二六五—一三〇八，基督教經院哲學家、神學家、唯名論者，其學說被稱為司各特主義，為聖方濟修會主導神學，長期與多瑪斯主義相抗。被尊稱為「精微博士」。

受尼各拉・古撒努斯（Nicolas Cusanus）[10]影響。

在我踏上旅途之前，有人批評我未能善盡一個多瑪斯主義者應負的責任。因為他們認為我一旦踏上旅途不一定會再回來，而將我的旅行視為對研究的一種逃避。這類想法，就和其他人把我的旅行想成英雄決斷行徑一般，畢竟無關事情的重點。真正理由神將會知曉。談到聖多瑪斯，今日我主要的思想都由《神學大全》學習而來，所受影響毋庸多論，然而，倘若冷靜加以回想，當時的我，與其關注其學說本身，毋寧是對他們顯赫的業績懷抱一種樸素的憧憬之心。……這樣說或許有點自嘲意味，不過，無論如何，當時的我思想尚未成熟，對那個我而言，親身探索研究古代的異端哲學，不僅是想將人們從異端思想拯救出來，也應該是建構新神學的重要契機。我相信，如同亞里斯多德哲學的事例，只要能將內容加以正確解釋，就能將不可知的異端哲學引

10 尼各拉・古撒努斯（Nicolas Cusanus）：一四〇一—一四六一。中世紀後期密契主義（Mysticism）者，其思想受新柏拉圖主義與德國密契主義的影響，已指向新時代，但仍保有基督信仰與士林哲學的世界觀，為近代第一位偉大的德國哲學家。

領至通往神的道路。——

……以上即是旅行前後的梗概。為了說明這些，頗費一番唇舌，但這畢竟是不可避免的，因為在開始接下來的敘述之前，為了讀者及我自身的方便，有必要把這些背景說明清楚。

以下，我將逐日記錄這趟旅行。

抵達里昂之後，我在那兒待了幾天，發現想找到我要的文獻，恐怕比原來預期還要困難。我面臨這兩個實際問題，一是找不到文獻的根本問題，二是作為一個旅行僧，借住當地修道院，我得履行托缽傳教的司牧義務。

幸好，十天之後，就在我快無法承受這些預期之外的折磨之際，經過同室會士的引介，我僥倖獲得了里昂主教的賞識。

主教是個不修邊幅的人。容貌白皙柔美，一看就知道是個性溫厚的人。當時我一方面焦急，一方面因獲主教接見歡欣不已，此外，因為疲勞在口吻上不免狂妄了些，對於這樣的我，主教非但沒有皺眉，還十分耐心傾聽。談了一會兒，他暗示，為了取得重要文獻，也許我還是應該走一趟威尼斯。他這樣說：若如你所說，此地一些與威尼斯有所往來的商人手裡會有這些東西，那麼，只要肯花時間，總是可以找到文獻。如果你只是要費奇諾的《赫梅爾文獻》，我這兒就有部分，你不介意的話，就儘管拿去抄寫一份。不過，為了你著想，我認為你最好還是親自到威尼斯一趟，親眼看看當地所發生的事。如果你覺得這旅行過於勞累，我也可以幫你找來一匹馬。——我頷首默默聽著。特別是後面這些話出乎我的意料，我十分感激他的好意。接著，使我更感振奮的是，主教進一步提到一些威尼斯的事情。事實上，過去主教幾次因事前往羅馬，途中曾路過威尼斯，與當地學院相關人士討論神學、哲學，並就繪畫、文學，以及人之生活與信仰內在等問題，彼此交換不凡的見解。

主教這樣說：

「……阿爾卑斯以南，是一片和我們這兒截然不同的世界。這個說法聽起來可能很具魅力，但是，那些截然不同到底是好是壞，我難以判斷。阿爾卑斯山，是我們與新世界之間的阻礙，還是守護我們這世界的屏障？這是一件無法輕易斷言的事。因此，我希望你可以實際去看看……」

主教這般沉穩的口吻，聽在當時已對曖昧思潮紛爭感到倦怠的我的耳裡來說，是多麼新鮮啊。特別是在十六世紀的今天，回想起這席話，所領悟到的話中含意，遠比當年更為深刻。

主教這席話，使我很快忘卻了旅次的勞困，幾乎想要立刻出發到威尼斯去。

然而這時，主教若有所思抬起頭來，望著我，平靜問道：

「對了，你對所謂煉金術有興趣嗎？」

我不了解他的意思，低頭繼續聽著。

主教又說：

「也就是一般所說，做出黃金的方法。」

「嗯，是知道這一回事……」

「事實上，離這裡不遠的村子裡，有一個苦修煉金術的人。雖然有過幾次實際成功的經驗，但他是個奇怪的人，照舊過貧窮生活，埋頭研究煉金術。這個人我只見過一次，但他自然哲學的知識之廣博，實在是我所不能及；他似乎十分精通於你所說的異端哲學。當然，他是個有信仰的人。可以的話，你在出發前往威尼斯之前，是不是去拜訪一下這個人？我想那會對你有所幫助。──」

說到這裡，司教看我呆凝的神色，補充道：

「村子從這兒往東南方向走，差不多二十公里，是個像開墾聚落的地方。因為在維埃納（Vienne）的主教管轄區內，不是那麼繞路。」

思索片刻，基於對主教的信任，以及對那個煉金師的好奇，我沒多猶豫，決定聽從主教的建議。

於是，兩天之後，聖體大祭日一結束，我便獨自離開了里昂，往那村子去。……

由里昂到村子的路途中，我心中來來去去的思緒，難以在此詳述。那些思緒破碎、模糊，難理出一個完整的輪廓，它們一會兒相互錯雜了，一會兒又忽然清楚了，閃前閃後，不時露出破綻，就好像一片雨停過後的水面，陽光交相折射，雖然有時微微預感到什麼思想在萌芽了，但只消片刻又轉成一片灰暗憂鬱的渾沌狀態。

街道行人絡繹不絕，在這熱鬧的氣氛間，旅途至此始終未曾浮現的鄉愁，忽然湧上我的心頭。南法蘭西如此美麗的自然風光，何以會有摩尼教異端猖獗呢？這本是我欲尋求解答的問題，但旅途一路波折，幾乎使我遺忘了此事。

摩尼教教義的中心思想，無疑是出於對世界的嚴苛憎恨，它一方面誘使人走入放縱，一方面又不惜去勢導向極端禁慾的方向。到底那些阿爾卑斯派或清淨派的異端，是否曾經北上到達這個地方，我並不清楚。不論是放縱還是極端禁慾，畢竟只是程度的差別，皆屬這時代廣泛傳教的特有病症，因此他們看起來應該也和那些里昂的貧窮信徒差不多吧。然而，我所困惑的是為什麼異端會特定猖獗於南部這片陽光充沛的土地呢？——我反覆想著這一點。是因為戰爭的關係？還是因為黑死病的緣故？或者只是因為靠近東方，單純的地理因素？……

像失去航向的船，思緒混沌不明。這時，這片高溫的土地氣味忽然飄進我的腦中。

停住腳步，我擦擦額頭上的汗水，抬頭仰望天空。

「是太陽的緣故吧？」

……我如此自言自語著。那一瞬間，我所看見那個高掛天際的熾熱太陽，不禁讓我懷疑，這些異端，歸根究柢，會不會就是根源於這個炫目的火圓而壯大起來的？因為這無邊無際的光，因為這雄偉熾熱的巨大的光，因為這其中某一種暗藏的陰鬱預感，使人們變得憎恨大地，變得蔑視、傷害沉重的肉身——會是這樣子嗎？——這些念頭，使我陷入一種極度不愉快的寂寥感覺之中。

「……不，……不是這樣子，……絕對……不會這樣子。……」

我極端焦躁，分不清楚心中蠢蠢欲動的究竟是憧憬，抑或憎惡，……終了只能突然嘲諷自己方才說出口的話。

我低下頭來注視灑滿光線的土地，四處打量，忽然注意到身旁岩壁上一閃一閃的炫光。

走近一看，是隻麥粒大小的白色蜘蛛。我跪下來，慢慢把臉湊過去，仔細看清楚牠的模樣。

那肢體是纖細而堅硬的，靜謐，妖媚。——周遭一股凝重，屬於白晝的暈眩感覺。

□

一進入村子，我長靴也來不及脫，一身行旅裝束，便直接去拜訪教區主祭。

我之所以毫不猶豫直往教會，是因為身上帶著里昂主教親筆寫的手信。這張由其他管區主教所寫的文書，不僅方便我會晤當地的司祭，也是司教個人善意的表示。司教把信交給我的時候，看穿我神色裡的不安，笑著說：「沒什麼好擔心的，他會對你很友善的。」——

教會位於村子西北邊的入口，好像要保護全村不受外界侵擾似地。

教堂還有一片廣大得不尋常的墓地，在茂密的林木縫隙間，墓塚稀疏散落，樹枝橫亙天空宛如血脈，而葉叢恰似皮膚披覆其上。至於那些已經長出各色苔蘚的墓碑，乍看之下，好像一群蹲踞在樹下的老人。

更仔細觀察這墓地景象，會發現到，大多數新造的墓碑，作工都十分粗糙，反倒是那些即將風化傾朽的墓碑看起來氣派一些。一經探問，才知道這些新墓碑大多是羅馬法王廳大赦隔年因黑死病肆虐所造成的死亡。當時病如風掃落葉，村裡的人一下子死去大半，倖存的生者沒有太多時間，且心懷恐懼，因而沒有心力好好造墓。

事實上，這些新墓除了部分由石碑所造，其他有一些只用腐朽的木頭來標示，甚者根本已經消失不在，只能由雜草聚生的跡象隱約辨識墓塚所在。

說到當時墓地的事，村裡流傳一個小故事。這是我日後從一個當地的掘墓人那裡聽來的。

根據那男人的說法，不論作工再如何粗糙，只要還有墓碑留下來，對死者來說就已經是大幸了。因為當時對黑死病的蔓延束手無策，死者多半是以共同埋葬的方法處理。用個袋子草草蓋住屍體的臉便直接放進墓地的大洞穴裡，等到屍體漸多，才以土掩埋起來。有一次，告訴我這故事的掘墓人，如往常運來新的屍體，看到洞穴中有個袋子。大約是綁口鬆開了，外露出一張醜陋，雙頰潰爛到只剩下幾顆大牙的遺骸的臉。片刻間，他看著眼前的景象說不出話來，直到另一個也是運屍來的男子，對那張外露的臉，揚聲喊道：「又活過來了啊？這麼高興啊？」——這個微不足道的玩笑話，後來卻常被村子裡的人們掛在嘴上。

我對這故事並不特別感到好笑，倒也不感厭惡。那句話，雖然可能只是惡意的玩笑，但是，那其中畢竟有著比單純玩笑來得更深一些的失意，以及為了戰勝失意的純真與逞強。那種魯莽，那種不合場景的可笑，我並不感到討厭。因為，莫名地，我似乎能夠了解那種心情。……

好了，我把視線轉回教會方向，首先映入眼簾的是，正西方高懸約有五尺的玫瑰窗。建築物正面，以玫瑰窗為中心，四周圍繞著許多尖形的拱門。壁面上刻滿火焰（flamboyant）圖樣，曲線交互疊合宛如蔦鳥似地要飛天而去。下方可以見到唯一的窗口，窗緣極淺，亦無雕工，只在山牆飾（tympanum）上頭粗刻了主的聖像。鉛製的屋頂，看起來像堂內一個大窟窿似地，為支撐這屋頂的重量，兩邊突出極為堅固的樑柱，因此，壁面那些精心鑲嵌的圖案便完整地被收納起來。整體來說，印象上雖然有點錯雜，但在這窮鄉僻壤的小村莊，有這樣一間教堂多少也叫我感到訝異了。其中，建築界正在流行的火焰圖樣設計特別令我感到興趣。不過，遺憾的是，建築物本身的貧破低矮，破壞了教堂應有的莊嚴感覺，反倒像一個化妝的侏儒，透露些許悲哀的滑稽感。作為村中的教堂，它與天空的距離離得太遠了。畢竟巨大本身有它偉大的價值。這道理看似單純，實則蘊含深奧的意味。而眼前這被縮減了的巨大，將會喪失多少東西呢？

教堂南邊，有條小徑可以通往前面提到的墓地，此時正有許多村人成群聚集在路上。男女老少皆有，也有人攜著懵懂的幼兒。人群上方，令人目眩的光線正由樹叢間滲漏，璘璘光影撒落一地，教堂高懸的十字架影子巨大地橫躺其上。

「……眾人啊，不要忘記神對約伯的試煉。……」

時鳴時歇的酷熱蟬聲間，有一激昂男聲自聚集人群裡響起；那是一種如乾柴火般高亢明朗的聲音。村人凝望著聲音的來處，他們的臉龐，好像在這瞬間覺悟了信仰似地，蒼白且緊繃，同時泛著後悔、不安與希望的神色。

從圍繞人群的縫隙裡，我瞄見了那聲音的姿影。有三人橫站成排，說話的是正中央的中年僧侶。

男僧侶以誇張的肢體動作繼續向村人們傳教。他的眼神不定，為了強調話語，來回注視著每一個人的臉。此刻，他滿臉是汗，且微微顫抖地說著：「主對使徒們說：『你們不要在腰帶裡備下金、銀、銅錢；路上不要帶口袋，也不要帶兩件內衣，也不要穿鞋，也不要帶棍杖……』」

他低垂的眼袋裡一雙信心煥發的瞳孔，此刻正反覆朝我打量著，但並未停止。群眾間雖有兩三人察覺到僧侶的微細動作而轉頭看我，但只是片刻就又無所謂地轉回原處去。其餘的人什麼也沒察覺，始終貪戀地聽著傳教。

看著這景象，我心中漸漸湧出一種不信感。我認為村人們對傳教者的尊敬似乎有些太過。集聚聽教這件事本身並無不對，但是，他們對傳教者的一舉一動所表現出來的態度，使我感到驚訝。對傳教者個人寄予人性愛慕的信仰，是否正當呢，我對這件事一直很感猶豫。在我的看法裡，那畢竟是一種和信仰相近卻不盡相同的東西……

我停下腳步，返回來時路，朝教堂西邊入口走去。

那十二個人，從肩衣與垂在皮帶上的玫瑰珠來看，我想應該不是方濟各的傳道僧，而是和我一樣是聖道明修會的人。

到達教堂西口，我再次往他們的方向看去。聲音還聽得見，但身影已經隱沒在群眾和建築物的陰影之中而看不見了。

□

一進入教堂，迎面而來接待的是輔祭。我把里昂主教的信交給他，告訴他我想見司祭。

輔祭看了看信。

「……嗯，稍等一下。」

帶著點訝異神色把我稍加打量之後，他只是這樣應了一句便往裡頭走去，如同他頸上邋遢的垂帶，真是個潦草的回覆。

我一個人在椅子上坐下來，抬頭仰望祭壇。堂內擺設和外頭虛張聲勢的外觀不同，相當具有質感，特別是祭壇陳設十分慎重。

我放鬆地喘了一口氣。

初夏暑氣被關在門外，聖堂內充滿石板的涼氣。我的身內雖然還冒著體熱，但背上被汗水淌濕的衣服忽地冷卻下來，像水蛭般附貼在肌膚上。

我躺進椅內，閉上眼，疲累如熱浪漫上臉龐。倘若豎耳傾聽，可以聽見方才的傳教聲，一層一層地向屋頂中央的窟窿幽幽旋去。修道僧原本激昂的聲音，穿過石壁，再靜謐投射回來，宛若私語。說不分明那是聲音，還是震動，抑或只是一種空氣的微妙顫動。我呆聽著聲響，腦海裡浮現出傳教僧的臉孔。也許，傳教說詞背後的他的信仰，並不像表現於人前的這般激憤，而是十分沉著的狀態也說不定，特別是旁人無從知悉的他的內在信仰，——不知怎地，這讓我覺得不可思議。……

司祭久久不來，苦候的我陷入無邊無際的胡思亂想。

——我方才提過，那位傳教僧應是道明會士。此刻他正遵守會則，熱心司牧教化民眾。我和他雖然屬於同教會，但我們之間的明顯不同在於，我是一個學習僧，得以免去許多托缽或司牧的義務。

對一般的道明會士，我經常懷有疑念。當然，這疑念絕不僅只是根據一般人所竊竊私語的會士們的風流豔聞，好比那些道明會士對某村婦人收了某些不應當的奉獻之類。這種情形在各修會都會有一些。方濟各修會如此，奧古斯丁（Aurelius Augustinus）修會也如此；這並非稀奇之事，我所要談的也並非這些。我想討論的問題毋寧是他們那種相當幼稚拙劣的清貧理想。我在巴黎時常常就這問題和同儕討論，但結果總讓人失望。因為他們對於導正民眾信仰一事，大多只抱著模糊的意識。

楬櫫「貧窮基督的隨從」，依福音書裡的幾段章句，過著原始的使徒生活，這件事首先是從聖方濟各開始的。他之所以悔悟信仰基督，據說是因為從軍被俘之後與痲瘋病人接觸所致。這情形，與聽從第雅谷（Didacus）[11]之勸，為了降伏異端才提倡清貧的聖道明的情況，有相當不同。

剛剛我在談到聖方濟各的時候，用了「首先」這個字眼，事實上，這樣的說法，只有在將聖方濟各與聖道明相比之際，才是正確的用法，因為在當時提倡清貧理想的可不是只有聖方濟各一派。

其他提倡清貧的團體，有許多都是異端。若仔細區分，可將之分成兩個主要運動。一是以清淨派為中心的摩尼教信仰，一是由民眾對福音的單純解釋所衍生出來的貧乏信仰。恕我大膽直言，聖方濟各，在一開始的時候，不過是後項運動一個延後出現的

11 第雅谷（Didacus）：？—一四六三，聖方濟會士，終生過著自給自足的清貧生活，在西班牙各地講授福音，一五八八年由教宗西斯篤五世（Sixtus V）封為聖徒。

人而已。

……我這樣寫，完全無意否定聖方濟各的豐功偉業。舉例來說，在某一方面，像瓦爾多（Pierre Waldo）[12]這類人被視為異端，而聖方濟各的傳教卻得到教宗的認可，這樣的對比並非只是單純的偶然。當然，也絕非一般所言，因為當時教宗何諾利烏三世的夢境[13]所致。兩個人之間的差距，並不只是由於時代。這一點，可以從聖弗蘭西斯並不否定教皇和教會一事清楚地區辨出來。

——話歸原題吧。沒想到我的思緒會再度轉到摩尼教這異端上。我無意一一詳述其淺薄教義，只想提出以下這一點：當時，能將上述異端所倡之清貧理想真正忠實予以實踐的，無一例外皆是摩尼教中稱為「完全者」的人。

旅途中，我經常思索民眾何以會陷於異端，我想，其中一個重要原因，必然是因

12 瓦爾多（Pierre Waldo）：？—一二一七，法國富人，認為《聖經》是屬於所有基督教徒的財產，致力以一般民眾足以理解的語言翻譯《聖經》，為後來瓦爾多會（Waldensians）創始人。

13 此處典故不詳，恐有疑義；可參考之相近典故：君士坦丁皇帝（Emperor Constantine, A.D.275—337）認為神給他夢中啟示，軍隊配戴十字徽可打勝敵人。後果然獲勝，乃訂基督教為國教，恍如神之國以降臨地上。

為我們教會的墮落。的確，異端壯大的主要原因，在於其教義深具魅力。生活之絕望，使得人們漸漸相信他們的教諭，認為世界是愚神所創造出來的一個惡；這一點固然沒有問題，但是，另一方面，群眾之所以走向異端，也是因為對「完全者」產生了深切的認同，對「完全者」的禁欲有了單純素樸的尊敬心所致。

我在前面已將當時的異端運動大分為二。若再加上正統信仰，正邪相併共有三種信仰。可是，對接受的民眾們來說，主要影響他們的，與其說是教義，毋寧是那個倡導的人。疲累困頓的民眾，在同時比較這三者之後，選擇了其中自律最嚴的那個人。那個人可能是摩尼教中的「完全者」，也可能是里昂貧苦的信者們。而不管是哪一個，最先被放棄的，必然是我們這些墮落的司祭。

聖方濟各可能比聖道明更了解這些事態。人們看待他們的眼光，和對待摩尼教的「完全者」並沒有什麼不同，而他們也的確以身實踐了。聖道明至死堅持清貧理想，愛護其無垢之貞潔，但另方面，始終效忠於教宗。聖方濟各貫徹自己的清貧理想，就連「完全者」都接受的信徒生活扶助，聖方濟各也將之嚴格限制在衣物和病痛救助的範圍。他們衣衫篳褸行乞，離開安住之地，為每日所需糧食辛苦勞動，向民眾托缽傳教。也有人經歷著聖痕的痛苦，追尋基督足跡，巡迴各地宣講福音。民眾基於天真，對他們二者的生活，深深為之感動。可是，令人遺憾的是，民眾也同樣基於這份天真，為福音書所講述的基督一生而感動。

何等的天真，何等的匱乏。

最終人們仍然無法了解基督的意義。他們只能從具體的生活規矩與儀式來理解神降人間這件事，這是最讓我感到難以忍受的。他們愛基督，愛他的生涯。然而，他們只把基督看成一個有卓越人格的人。

「若有人將我主耶穌基督視為肉身，而不見其超靈之神性，不信基督真為神之子，必墜地獄。」

聖方濟各如是說。後來的托缽僧們，也不厭其煩地對民眾講述這句話。

畢竟，對我們基督徒而言，再沒有其他事比基督具有神性這一點更重要的了。這無可置疑的事實，為什麼會屢屢失落呢。我們應該即時改變想法，強調神之犧牲的真正意義在於，全能的神化為肉身，經由女子腹中誕生，在這個祂所創造的世界，以人之形貌生，也以人之形貌死。

保羅說：「照我的內心，我是喜悅天主的法律，可是我發覺在我的肢體內，另有一條法律，與我理智所贊同的法律交戰，並把我擄去，叫我隸屬於那在我肢體內的罪惡的法律。」「這樣看來，我這人是以理智去服從天主的法律，而以肉性去服從罪惡的法律。」

——保羅的想法無疑是永遠的真實。那麼，我們何以能夠對這個終將死滅的血肉世界有所愛德呢，這其間必然要存有一個更大的理由。

其理由是，世界由神所創造，且神為這世界犧牲了。

對神來說，這世界若真有什麼可憎之處，祂又何必要以自身，足以超越一切的神自身，化為我們這渺小受造物的形象，和我們一起生活在這個世界這個時空？何以祂要將自己降為終將毀滅的肉體，具體地以一個人死亡的方式而死？

不管再有如何的理由，我們都不能懷憎這個世界。為什麼，因為這個世界，在與神接觸的那一瞬間，已經再度創造了一個真且偉大的價值。神將自身降於世生於世這件事——證明了祂偉大的慈愛，我們因而必須對這個世界有所愛德。

保羅說：「（天主）派遣了自己的兒子，帶著罪惡肉身的形狀，當作贖罪祭，在這肉身上定了罪惡的罪案。」——請莫誤讀，那個被釘上十字架的，不僅僅只是一個人的肉身。在那裡的，可以說是神，也是作為人的基督。

……如此我們便感到苦惱：我們基督徒，一方面要追隨主努力過靈的生活，一方面卻又不能完全否定肉性生活。然而這可是一份基督徒才會有的光輝的苦惱。我對許多道明會士的苛責正是在於這一點。他們在不明白這層苦惱的狀況下，倡導清貧並鼓吹民眾實踐。因而，他們自身所展現的並非教義，而不過是藉著民眾投注於他們個人的情感，使民眾回心信仰。

據我了解，受到這些會士引導，有許多民眾像個怪異的摩尼教徒一般過著厭世生活。他們所實踐的清貧，大抵不過是出於對肉性與世界的憎恨所致。但是，把世界視為應拒絕的惡，這樣的愚蠢的教義，對信者來說，除了讓他們彼此比較貧困程度之外，意義何在呢？或許那的確足以驅逐異端，使人們回心信仰，但是，他們所信仰的主的教誨，大概已經喪失原有的深意，而只是一種褪色變質的淺薄東西而已。人們真能從中覺醒而走向信仰嗎？或許有那麼一點可能。但我毋寧不信這樂觀的期待。清貧不是一種傳教的手段。清貧唯有在追隨人子基督這根本目標之中才會有所意義。在方法上，即便聖道明再如何從異端者那兒學取經驗，但他仍然對清貧本義缺乏自覺。歸根究柢，若欲實踐清貧的生活，必須時時思索基督的犧牲。確認其犧牲的意義，對這個血肉與物質所組成的世界充滿愛德。——

……我到底在這樣的思緒中沉溺了多久呢。也許是司祭讓我等得過久，或者事實上並不是那麼久的時間。

回神之際，我正張大了眼睛，凝視掛在祭壇上那明亮的十字架。十字架的後方，各色的彩飾玻璃，流洩出美麗的光。

不久，輔祭出現了。他把我請到聖堂外邊。

□

為了解釋傳達所耗費的時間，輔祭喋喋不休向我解釋好幾套說詞。我沒有專心在聽。我的注意力，毋寧被他衣袖所散發出來的葡萄酒餘香吸引了。那聞起來有點兒甜，卻又少了點豐腴的感覺，嗅進鼻孔感覺不是那麼愉快。那氣味隨著微風吹送，飄浮在周邊生暖的空氣裡。

我邊走邊打量身旁輔祭的側臉，那是一張緊繃且嚴肅的臉孔。以年齡來講，他大約比我大上二十來歲，雖然看起來還不至於多麼老態，頭上倒是已經白髮斑駁。

我就這樣盯著他故作嚴肅的臉，但後來漸漸恍惚起來，忍不住別過頭去，輕輕嘆了口氣。他身上散不去的葡萄酒香，聞起來，讓人覺得那些貌似虔誠的動作行止，宛如一個品質不良的木桶，愈來愈多使人疑惑的東西，像水一般地滲漏出來。

到了聖堂深處的僧院，恰有三個年輕女性飛快走出與我們擦身而過。她們三人穿著相同的白色連身衣服，裙角隨風揚起，好似奔馬踩亂的土塊一般。紅著臉的她們輕笑交談，微亂髮上別著像鳶鳥的小飾品。輔祭慌忙制止她們，但這三個與眼前情景頗不相襯的女性，也只是彼此互望，稍稍安靜片刻，沒多久就又再度嘻鬧起來。其中一個甚至在離去之際拍了拍輔祭的臉頰。露在披肩外的她們的細小肩膀，在透過樹叢流洩下來的光線中，微微閃耀著光。

進入僧院，我被帶上三樓。輔祭雖然有些不安，但我並沒有開口問什麼。與這樣的男子相處，盡可能保持緘默，也算我一點點微薄的美德。

樓梯盡頭，我們來到了最深處的房間。輔祭從門外出聲請示，等待回答。門開了。出現的是司祭本人。

司祭連我的臉都沒看清，便轉身走向窗邊的椅子，在那兒來回踱了幾步才坐下來。手枕著桌，他慢慢抬起頭，然後用一對遲緩的眼睛打量我。

受輔祭的催促，我往前一步，簡短表明自己的姓名與身分，並且取出里昂主教為我準備的介紹信，交給司祭。司祭默不吭聲盯著我的臉，單手取過介紹信。他大致瞄了瞄，隨便看過內容，抬頭仰望我；坐在椅子裡的司祭，的確是得抬起頭來仰望我，不過，在我看來，那眼神中卻有些輕蔑的表示，因為，司祭看我的眼神，和他看信的潦草眼神，並沒有什麼差別。——

司祭總算開始讀起那封信來的時候，我利用空檔打量房內的景象。

首先是房間的角落。

司祭身後，一扇窗戶朝西開著，窗外斜陽明灼。窗戶很小，從這兒照進來的光線好像由瓶口蓄積而來的溫水慢慢沉澱著。在這個時分，山的陰影，還沒完全籠罩整個房間。斜陽零零落落覆蓋室內陳設，如熔漿四處流洩，然後凝固成熔岩靜止不動。

窗戶兩側稍暗。右側有裝葡萄酒的老酒桶，左邊則有長方形大箱。酒桶前方打了個孔，隨意斜插著木製酒管。

酒嘴下方可見巴掌大的漬痕。在這經年累月浸成赤銅色的漬痕上，還有新近流出的幾滴葡萄酒，如未乾的膿血附在上面，好似尚未完全治好就迫不及待撕去瘡疤的傷口。經這個酒桶一提醒，我才發現滿室瀰漫葡萄酒氣味，而這也正是方才輔祭袖口所散發的氣味。

忽然間，我的感覺好似全甦醒了，由這些細微的痕跡，我察覺到司祭的墮落生活。靠近酒桶的地方，有個堆滿塵埃看起來像是長了青苔的木櫃子，裡頭到處擱著印有蛇鱗紋路的皮製酒袋，看來裡頭的葡萄酒都已喝光了。那些皮革經酒滲透，又經手垢磨漬，散發出鉛一般的鈍重光澤。酒袋旁邊是用布蓋住的食物箱，從縫隙可以看到裡頭有乾乳酪、奶油，還有像蘋果或李子的水果、胡桃、一瓶一瓶的酸奶優格、蜂蜜。——每一種都是吃剩的東西。因為外頭天色暗看不清楚，否則在那個上了鎖的長木箱裡，必定裝有更多東西。——附帶一提，這裡所列舉的各類食物，也許不是非常之奢靡，但在我看來，不管哪一種食物，其豐富的程度，都是村外看不到的。從前年開始，因為冷害侵襲，阿爾卑斯以北的許多地方，糧食告缺，人們幾乎過著日日捱餓的生活。司祭沒有不知道這事態的道理。特別用布蓋住食物箱，多少因為愧疚之心，或怕招人議論吧，——不管怎麼說，這司祭，竟一個人奢侈地享用這些食物。

類似事象，四處可見。許多泡過葡萄酒的烤麵包碎片掉落在床的四周，沾了灰塵的碎雞蛋殼，再往左手邊看，是一張羽毛被褥的臥床。……

這些敘述可能有些離題。不過，即使回到原來的情況，稍加留心，也可從司祭那張紅通通的胖臉，雜亂的鬢毛，以及兩腮圓滾滾的肥肉，察覺到相同的事態。

——這時，司祭看完了介紹信，擱在一旁，問道：

「你叫尼古拉，……嗯，你是雅各帶來的人嗎？」

「雅克？」

「是啊，雅各．密卡艾力斯，和你一樣是聖道明修會的人。今天一早就被下頭的人喊去了。你說的是那個雅各的事吧？」

我漸漸理解了司祭的話，答道：

「不，我不認識那個人。介紹信裡是怎麼寫的，我雖然不清楚，但我是今天才剛抵達本村的。我的目的不在傳道，也不在托缽。」

司祭再度把手枕回桌上，偏著頭，不感興趣地看我：

「既然這樣，幹嘛還寫那麼一堆的。好了，就請自便吧。你若想見那使魔術的老頭子，他住在村子東邊，你隨時方便就只管去找他。我不招呼你了。……還有，這信我就先收下了，不過，這上頭寫的名字可不是我。那是前任的名字。我的名字叫做猶達斯，來這村子七年了。至於那個前任，聽說是死了。」

司祭的話，讓我楞了片刻，接著，忍不住感到滿心嫌惡。——那是一種極端俗庸的嫌惡。司祭那懶惰的面容如此俗庸，因而我對他的嫌惡也只能是一種最原始的樣態。這同時，我也恍然大悟，何以我事先由里昂主教那兒聽到的司祭為人，會與實際見得這位司祭的印象，相差如此之大。

司祭從桌上抬起那雙醉意的眼睛，對默默站著的我，不耐煩說道：「沒事的話，你可以走了。你看也知道我很忙吧。」

我簡單告退，走出房間。

在門外，我聽到裡頭清楚傳來一聲：「哼，乞丐僧。」……

村子被一條河川劃分為二。這是一條源自東南方山林，筆直流向西北邊平原的細流。所謂流向，當然不是指那兒即是水流的盡頭，而是與其他河川匯流，最後注入羅納河。旅途中的我有好幾次得依靠這些河川來作為路標。

村子裡的旅舍，臨著小河面對教堂而建。這是剛才那位輔祭給我介紹的地方。按著他兩三個說明，我來到此處歇腳。因為是遠離街道的邊境小村，所以雖然稱為旅舍，但幾乎沒有人投宿。一樓成了村人聚會的酒場。從這裡可以看到澡堂。二樓只有三個房間，登記給我的是這三間中的一間，另兩間則是旅舍主人自己的房間和置物間。

旅途中，我有幾次也曾投宿在這種幾乎只有給乞丐僧才會住的地方，因此，當下顯得很不知所措的反倒是旅舍主人。想來這也是理所當然的事。在這種讓村人結束農作之後肆無忌憚狂歡休息的地方，有僧侶同住，畢竟不方便，更不要說澡堂了。在這種旅舍，一張惡臉相向是常有的事。不過，令我感到慶幸的是，這旅舍的主人，有極端純厚的信仰，使我十分自在。此外他也是雅各．密卡艾力斯的信徒之一，因此很歡迎對和雅各同屬聖道明修會的我，二話不說便讓我投宿此處。看來我與雅各之間，在我們相談認識之前，就已經存在了某些因緣。——

翌日早晨，我漱洗完畢，爬樓梯上二樓，意外一個踉蹌，幾乎昏癱在牆上。從里昂的這一路，比我預想困難許多，再加上掛念沿路盜賊出沒的囑咐，的確是拚了命在趕路。

我不得已只好在床上躺了一天。

隔天，雖然體況尚未轉好，但午後我依然離開旅舍，走路到村子裡去。雖說身體微恙只是因為過勞，但外出對我來說畢竟還是有點勉強。我之所以決意如此，原因有二。一因負責照料我的旅舍主人，過於頻繁來窺探我的狀況，反而使我感到心煩。主人的態度，雖然不是敷衍的表面工夫，但不讓我走動，殷勤看護，藉此自我滿足的做法，使我很不舒服。另一個原因是，旅途中生病的感覺使人不安。我總是擔憂旅程能否順利完成，這股焦躁感，在旅程完了之前，恐怕是難以解脫的。這純粹是一種非達到原來目標不可的焦躁感。大抵而言，尋常生活裡，人們對所謂目標多少便有焦躁感，但在旅途中，這種焦躁感會顯得格外強烈。這是因為原本和目標沒有直接關係的旅途本身所帶有的不安感，和何時才能達成目標的憂慮，兩相結合而更強化了。

無論如何，我再耐不住鎮日躺在床上，用過時間稍早的正餐，便離開旅舍，沒有目標信步往村中走去。因為頭還有點兒暈，所以我並不打算去拜訪之前提過的煉金術師。走著走著，我漸漸覺得舒服了一些，便留神打量沿途的村子景觀。

首先引起我注意的是村子的地形。我已經提過，這村子讓河給分成兩半。西南方向的土地，以河為直徑，擴展成一個半圓形，教會就建在這個方向。此外，東北方向的土地，同樣以河為斜邊，往東斜發展成一個直角三角形的造型，旅舍位在這個方向。如此，整個村子，看起來就像一個有斜線裂紋的櫻蛤貝的形狀。

村子周圍，宛如圓周，凸起一片平穩的斜面。與其稱之為山，不如說是丘陵來得正確。許多家畜放牧其上。此外，靠近東北偏東方向，也就是那個直角三角形的頂點處，背後有片濃鬱森林。正對頂點的位置，有一間石造屋子。根據我後來所知道的，那正是煉金術師的住所。森林從這個頂點，朝著村子的方向，順兩側延伸下來，直到底部那片石灰岩山麓，整個面積都被蒼鬱森林所覆蓋。這區山勢是村子周遭山群之中最為險阻的，山峰表面幾處零星裸露的白色山脊，遠遠望去宛如羊群一般。——

村子地形大致如此。不過，有個部分，我想補充一下。這是我在那一日的散步途中發現，並且覺得極為怪異的事：關於村裡那條河上的橋。

到目前為止，我所描述的河是有一定範圍的，精確來說，我指的是從村子東南方的森林出口，到西北方教堂的這一段距離。而我所謂圓的直徑，以及直角三角形的斜邊，也都是和這段距離相等的長度。

然後，恰巧就在這個長度的中間點，有一座橋。除此之外，村子裡沒有其他的橋。這橋並非石造，而是以森林的木材建造的。至於河，說來其實不過是一條細微的水流，就算不搭橋也有好幾個地方可以涉水而過。事實上，當我從教堂走到旅舍的時候，並沒有利用這座橋。不過，這是因為這個季節河川水位極低所致，若是遇到早春，山上雪水溶解而下，想必無法如此。再說，考慮到農耕，沒有這座橋則相當不便。據我觀察，村子裡有三種農耕方式，除了一般的鐵鍬和鋤頭，還有共同耕作時也使用的一些大型農具如重量輪犁之類，若要搬運這些大型農具渡河，除了利用橋以外別無他法。

黃昏返回旅舍之後，我向旅舍主人探詢橋的事情。可是，看來頗虔誠的這位男子，只說這其中並無什麼特別用意，除此之外再不吭聲。根據我日後打聽得知，主人之所以刻意不答，其實是因為這座橋與當地土著異端傳說有些關係的緣故。

關於這些傳說，我無法在此詳述。我僅僅知道，偶會有人在那橋上遇見死去的亡靈。這類傳說，聽來跟一般常聽說在街道十字路口被亡靈糾纏的故事差不多。如果把橋視為陸路的延長，而把河看成一條水路，那麼這橋勉強也可稱為一個十字路口。不過，這類說法並不能使我滿意。因為，這河窄小得連一艘小船都無法通過，再說，我的疑惑在於為何只搭建一座橋，而這類說法根本就不能給我提供解答。

滯留村子的期間，我經常想著這件事情，而且後來又發現了幾個新的事實，使我益發好奇。比如說，這座橋，似乎經過精確的測量，恰巧位於我所說的河川正中間點。因此，若以橋為圓心河為直徑畫一個圓，其軌跡與西南方的村莊邊界幾乎等同。同時，在東北方向，圓的軌跡將被森林覆蓋，但是會有一個點與圓的軌跡相接。那就是煉金術師所居住的地方。另一個與此相關的事實是，站在橋上往教堂方向看，然後往四周瀏覽一圈，直到煉金術師的家，這個視線的角度差不多是一百二十度。如此一來，橋，煉金術師的家，以及森林的出口，這些線的末端，就構成了一個三角形的三個頂點。……

這些事實，當年的我認為絕不只是幾何遊戲的結果，而現在也還是這麼想。那到底是人為的原因，還是偶然作成的，我不得其解。但是，如果看了我後面的敘述，相信不只是我，就連讀者諸君也會想從這裡找出點什麼意義來。事實上，比起當時在村中混亂度日的我，現今我經過一段時間的冷靜回想，更加強烈覺得其中必有意義存在。——不過，這個疑慮，後來，漸漸轉到橋與煉金術師住所之間的關係。這當然是從橋的興趣衍生而來，但更重要的是，有其他更奇怪的東西吸引了我。要說明這些，除了請諸位繼續讀下去之外別無他法。……

那一日的散步，除了上述地理的發現使我印象深刻，還有以下這一段邂逅。

看過村子各處之後，我沿著河川走，到了森林入口，轉個彎，開始往旅舍方向走去。

太陽已經西斜，村子的另一邊，燃燒著漫天紅光。還沒走上幾步，我忽然聽到無人的背後，傳來幽幽的腳步聲。我不在乎地繼續走了兩三步，又聽到那腳步聲，而且聽起來正在往我的方向靠近。我幾次回頭，往森林方向看去。森林被茂密的樹木覆蓋，一片靜滯陰暗。然而，就在那暗中，偶爾傳來幾聲如妖獸般的動物吼聲，夾雜著令人感到不可思議的密密麻麻一層又一層的蟬鳴。……

眼前出現一個有些老態的男人。光線映照著他的臉，眼睛周遭暗影重重，包裹著內裡一對又冷又乾的漆黑眼眸。

片刻間，我被這張臉迷惑住了。——毫無皺紋的俊秀額頭，暗示著他堅強聰明的思惟，雙眉如鳩鷹高展雙翼，有股傲視俗務的威武神態。鼻樑下兩條深深的皺紋，一張寬闊的嘴，毫無畏懼，以及，精悍、沉穩的下巴。……他的體態高大魁偉，走路架勢有一股莫名的威氣，服裝樸素，全身上下皆是黑色。

不管從哪一個角度看，這男人的風采，都非俗世凡人所能及，閃耀著一種狷介的光芒。他的身上沒有一絲卑屈之氣，而有一種威嚴，鎮住了周遭的空氣，他渾身上下這股難以侵犯的氣勢，幾乎就像他身上的長袍，從頭至腳緊密地包裹著他。

——我不由得生出感嘆，且渾身因之震顫起來。回想起來，任何時候任何地方，我都不曾眼見過這樣高勁挺拔的人。任何詮釋偉大精神的觀念，也未曾如此活生生地顯現為人的影像。

隔著淙淙流暢的河川，那個男人與我隔岸站著。對失去血色呆若木雞的我，他投以睥睨的一瞥，便轉身往自己的住所走去。在這個片刻，我忽然明白了他是誰。——他就是那個煉金師。

□

翌日早晨，我在微微的亢奮中醒來，身體好轉許多。我一邊整理微溫的被褥，一邊回想昨日的邂逅。……

如同與猶達斯會面的經驗，煉金術師的樣貌，與我從里昂主教那裡聽來的想像相當不同。不過，不同於猶達斯的是，這次會面並沒有讓我失望，反而使我滿懷期待。這期待且稍稍安了我的心。因為我人雖然已經確實到了這村子，但我對主教所說的事，依然半信半疑。昨天的邂逅，雖然不見得能解開所有疑團，但迄今我始終不太能夠相信的司教的話，忽然開始變得自然可信了。——

——不過，就在我這樣想的同時，另一種不快感止不住地萌生出來，因為我回想起昨日與旅舍主人的一段對話。

事情是這樣子的。

黃昏，我回到旅舍，跟主人提起路上的事。主人只簡略回答我那應該是煉金師沒錯。這時，我第一次聽到了煉金師的名字：皮耶魯．迪法。奇怪的是里昂的主教和當地司祭，都不知道這名字。接著，我又向旅舍主人詢問了煉金術師的為人，以及是否可去拜訪之事。

他打斷我的話，說道：

「您是說您要去和那男子碰面？請您打消這念頭吧。就算您真去了，也只是被請退回來。那個古怪男人厭惡見人的程度，無人不曉，有名得很。就連我，住在這村子這麼久了，還不是連一句話也沒跟他說過。不，應該是說，我和他打招呼，但他可從來沒有像樣地回過話。很抱歉，請您打消這念頭吧。我想，尼古拉先生您不會想特別一趟路跑到那裡去，卻弄得不愉快吧？」

我感到有些為難。

「可是，我是為了見那男子，才特別到這村子來的。……」

這話一說，似乎讓主人起了什麼意外之想，他停下話，打量著我的臉，然後慢條斯理問我說：

「尼古拉先生，您也懂得一般的祕術嗎？」

「嗯，是幫過一點忙。」

「……這樣子。」

主人臉上，閃過一抹輕蔑的神色。

「既然如此，剛才的事，就照您的想法去做吧。村子裡也有些精力旺盛的年輕人，懂了些祕術，便經常往皮耶魯那裡跑，不過，每個人倒是都吃了閉門羹。……他是不教人的，那傢伙……算了，就是這麼一回事。話說回來，尼古拉先生您……我想，您一定是為了傳教才要到那兒去的吧……」

這些話多少傷了我的尊嚴。不過，寫到這裡，我逐漸理解旅舍主人的心思。他似乎認為我之所以要拜訪皮耶魯是出於貪欲所致。這當然是他個人的臆測，我無須多做解釋，不過，話說回來，當時我倒也不知道如何說明自己的心意。

我來會見皮耶魯，是為了瞭解煉金術而後致力於學術上的研究。我從不曾要利用煉金術來取得黃金。可是，當我想向旅舍主人說明這件事情的時候，卻不知道該從哪裡說起才好。我們不應該把煉金術視為惡魔之術而恣意排除，而應該把它當作自然學的對象來研究；像這樣的道理，我該如何向一個邊郊旅舍的主人說明呢？

我本想平心靜氣向他解釋，我這趟旅行的目的是想要探究異端哲學的問題，然而，要提這些，顯然就得長篇大論，而且還不見得會得到理解，我想一想便放棄了。

若是改從學術原理的角度來說明煉金術，可能比較不會被否定，不過，學術原理本身須要龐大的說明，再說，不懂自然學智識的旅舍主人實在不太可能理解這些道理。

最後，我想到可以舉大亞爾伯（Albert Magnus）[14]的例子，事實上，過去許多偉大的基督徒，都曾投身煉金術的研究；我想用這些例子來說服旅舍主人。這是最純粹也最可能成功的方法。於是，我從頭開始介紹大亞爾伯，但到後來還是沒有達到預期

14 大亞爾伯（Albert Magnus）：約一二〇〇—一二八〇。中世紀哲學家兼自然科學家。在哲學方面，其兼顧了阿拉伯思想，而將亞里斯多德的哲學作系統而完整的介紹，並以基督教理加以變化。其神學則傾向奧古斯丁思想。因此其思想內含括了亞里斯多德主義、新柏拉圖主義、以及奧古斯丁主義，多瑪斯．亞奎那則吸收了其亞里斯多德主義。

的效果。

——我忍不住煩躁起來，最後陷入無奈的沉默。旅舍主人見我沉默便推說還有事忙而離開退去了。……

我繼續想著方才的事，不由得嘆了口氣。

各種試圖說明的方法，說來都只是腦中的短暫念頭。大費周章在此描述這些瑣碎的不愉快，或許就是我之所以不見容於世人，總被認為過於苛刻的原因吧。

在與他人交往的經驗中，每逢對答無法順暢進行，我總不願意使用更多的辭彙來尋求理解，這不只是因為厭煩，而是因為那些花費在說明上的龐大辭彙，對我來說真是一種徒勞。我內在的理念，最後往往與那種期待被了解、說不清愉快或不愉快的情緒糾纏在一起。在短暫匆促的日常生活裡，這種多費唇舌實在是不必要的。再說，世人的無知，也使我對自身為世間理解一事感到絕望。這就是人們之所以覺得我過於傲慢的緣故。然而，容我反駁一下，這類的傲慢，並不特別只是發生在我的身上。因為，之於那些學識遠比我優秀的學者而言，若要他們想辦法來讓我理解他們的思想，他們也一定會覺得那種努力很空虛吧。

不管怎麼說，我依然還是要去見皮耶魯。午後，我再度離開旅舍。旅舍主人以呆滯的神情目送我離去。我自己倒沒有什麼不安的心情。因為不管是依旅舍主人的忠告，或以我自己昨日親眼所見的印象，我一點都不奢望皮耶魯會開門歡迎我。

離開旅舍，沿著森林走上一會兒，便看見微微高起的坡地上有間石造屋子，這就是皮耶魯．迪法居住的地方。這種屋子在巴黎看起來或許沒什麼特別，但在這村子裡，除教堂之外，只找得出兩三家，其他大多只是土牆草屋的粗糙建築。不同於我昨日遠望的印象，這屋子今天的模樣顯得素淨惹人喜歡。屋牆上沒有任何裝飾花紋，南北方向各鑿兩個小窗，此刻彷彿避人眼線似的只敞開小小縫隙。沒有任何耀眼裝飾，也沒有任何家畜的蹤影。

屋子準確面西而建，正門口一條筆直小徑，整個庭院草木不生，一片淨白。小徑盡頭有扇木門，四周柵欄在此連結，把屋院圍得十分緊密。

走到屋前的我，在門前猶豫了一會兒，但倒也不是因為要不要進去而怔在那兒，而是屋後那片濃鬱森林的威容，使我停下了腳步。那些枝葉幾達穹蒼的高大樹群，此刻在我眼中，相映如同一片熾熱燃燒的火焰。

若要比擬來說，似有一種全能、神祕且巨大的毀滅力量四處橫溢，有一種澎湃的威力正在爆發。我想那是一種足以將鉛或鐵熔成灰燼的硫磺之火，足以撲滅淫亂的審裁之火。由陰暗的森林底層，那些腐敗屍體所散發出來的黑煙，穿過了茂密的枝幹，漸次淨化，然後散放於天際，宛如人之罪惡最後一抹妖豔的紅光。……眼前這些幻象，剎那間，幾乎讓我錯覺自己真正目睹了這一切。

幻影的衝擊，使我陷入某種思考。我對吾人教義對於惡的看法感到懷疑。所謂惡，如果只是針對善之欠缺而來的命名，那麼，為什麼在惡的救贖上，需要一種瞬時性、無時間性的制裁？長久存在的惡，怎麼可能即時終結，而毋須等待本性的存在與完成？……我感到恐怖，如果被造物不得以惡存在，那麼這火焰所燃燒的應該就不只是人的墮落。那火焰中，應該是普遍孕育善與惡的我們這個世界的本質性秩序，也就是這個世界本身。不，也不只是一個單獨的世界。眼前淒烈的火，同時結合吞納了世界與時間兩者。那令人眩目的洶湧火光，不時閃耀一種瞬間實現的暗示與再生的激烈預感。——那是世界的完整實現與再生。在那濃綠色的火焰漩渦中，我好像幽幽窺見了自己的影像。

我這個異常的體驗，正是一種無時間性的進行。那幾乎是一種瞬間的目睹，瞬間的恐怖。回神後，我回想那不可思議的強勁力量，以及被席捲而去的思惟，感覺十分奇怪。彷彿還有一團燃燒過後的灰燼，相映著那片茂綠的森林，暗示著我所看到的那些幻影，並不只是一場幻影。……的確，這個體驗是暗示性的。我回頭望去，不由得覺得在這片東北邊的森林裡，也許的確深埋著某種力量，某種與我們的世界相互隔絕的異樣力量。……

在敲門等待皮耶魯的時候，我已經穩定了一些，有種夢魘過後的安心。

一會兒，屋裡傳來低沉的應門。我報上名字，並簡短自我介紹從巴黎一路走訪到此的經過。皮耶魯慢慢打開了門。除了沒穿外套之外，身上的裝束，和昨日相同，裹著一襲長黑衫。整個頭髮往後梳，顯得突出的額頭此時正滲出微微的汗水。

和他正面相對，我有點兒手足無措。皮耶魯站在門邊，果然一語不發，只是用冷靜眼光打量我。為了引起他的興趣，我聊了一些巴黎的多瑪斯研究狀況作為開場白。接著，又談到亞里斯多德學派，發表我對於亞氏自然學一些不甚專精的意見。皮耶魯始終面無表情地聽著。等到我漸趨詞窮，他才若有所思地垂下眼，然後再抬起頭，轉身進了屋內。我愣了片刻，直到發覺屋門依然敞開著，才跟在他身後進了屋。

屋內微暗，首先映入眼簾的是那座大大有名、我以為永遠不得親見、人稱「哲人石」的煉金爐。接著，就像往常習慣那樣，我開始搜尋書架，並且觀察架上的書。

書架佔了北面牆的大半，上下共分六層，丁點空隙也不留地擺滿了書本。書的數量繁多，無法在此詳錄，只能試著列舉一些如下。

聖多瑪斯，大亞爾伯，註解亞里斯多德之《論自然》、《論生滅》、《後分析篇》等書。由波埃修（Boethius Dacus）翻譯、波斐留斯（Porpryrius）所寫的《亞里斯多德範疇論入門》、阿威羅伊（Averroes）關於亞里斯多德學派的註解書，文生多波威（Vincent de Beauvais）的《自然鏡》等。另外，還有夏爾基狄（Chalcidius）所註解柏拉圖的《第瑪伊歐斯（*Timaeus*）》。還有羅吉爾．培根（Rogier Bacon）的《著作主集》、《煉金術之鏡》，萊門杜斯．魯路斯（Raimundus Lullus）的《聖典》，弗勒梅（Nicolas Flamel）的《象形寓意圖解》，阿拉伯人賈比爾（Jaberal）所寫的《煉金術大全》。此外，《神學大全》（*Summa Theologia*）、《形而上學評註》等一連串聖多瑪斯的著作，以及，那一本使我踏上旅途的，費奇諾的《赫爾梅文獻》。……

——只是這樣往書架一瞥，我即很快瞭解到，皮耶魯收藏書籍並未有特別偏頗或特別堅信的觀點。上述書名大多是我隨意列舉，除去珍書奇書不談，亞里斯多德學派的東西之所以比柏拉圖來得多一些，也是因為煉金術這類學問的性質以及時代背景所致。——不過，話說回來，在如此窮鄉僻壤竟然存在這麼豐富的藏書，實在叫人大大驚嘆。我一邊瀏覽許多羊皮製成的不知名古書和抄本，一邊想像皮耶魯來到此村落腳前的經歷。因為倘若他始終居住此地，我想，無論透過怎樣的方法，都不可能蒐集到這麼多的書。

從書架沿著壁緣看過去，東面牆上有一幅畫。畫中是一匹晶亮的獨角獸，立在火焰熊熊燃燒的湖面上，頸項低垂，腳肢半浸於水中，看起來既像站立，又像跪下了前腳而趴著，其獨角斜倚，看起來既有點嬌弱，又有威武的氣態。

畫的下方有張寫字桌。牆邊的雙燭台此刻正插著蠟燭，燭前有兩三本翻開的古書。蠟燭呈澄白色，看起來不像日常使用由動物油脂提煉而成的蠟燭，而是真正的蠟作成的。

南邊窗上掛著十字架。下有木櫃，排放各式各樣標記藥名的瓶子。瓶子全由玻璃製成，圓底細筒狀的瓶口，有些作成三角錐形，有些作成圓錐形，各顯奇態，但都蘊含一種沉穩的寧靜。

幽微的光線從窗外照射進來。

這個時候，我忽然想起所謂，石的沉默。如果，從這些藥品裡，真能產生理解聖者之音的石質，那麼，這些寧靜，也許就是石質在結合凝固之前的沉默。那是一種以強硬外殼嚴峻拒絕外部干擾、永恆且無限滿溢的、石的沉默。此刻，它們雖然尚未結合，僅以柔軟姿態相互交纏，但其沉默已經醞釀其中。

這份沉默並不僅僅只存於藥品，這屋內所有東西，似乎都帶著這份沉默。舉凡書籍、繪畫、燭光、空氣、蒸餾器、煉金爐，還有其他奇特的器具，無不與藥品同樣凝結成石，同樣成為沉默的一部分。周遭所瀰漫的這份硬質的寂靜，是一種普遍的石的沉默。

而處在這片陌生沉默地帶之中心的，即是皮耶魯。

從我入屋之後，原本站在我身邊的皮耶魯，不知什麼時候已經回頭去做他的工作，而我一點也沒有注意到。似乎直到我看煉金爐的時候，才同時注意到了爐邊的皮耶魯的身影。我幾乎完全忽略了皮耶魯，不，與其說是忽略，毋寧說我已經看到那些景象卻未意識到皮耶魯這個人。這說法或許顯得奇妙：在我眼裡，皮耶魯成了煉金爐的一部分。

皮耶魯・迪法坐在椅子裡微微傾身，目不轉睛看著煉金爐。火光流瀉跳躍在他臉上，偶爾在鼻樑兩側或臉上的皺紋之間，留下深刻的暗影。他的表情看似沒有明顯變化，但在火光映照的剎那，又彷彿出現另一個未知的表情。火焰吞沒了他的臉，難以分辨熔成一團。這景象看起來一點都不異常，彷彿並不是火光映照著他，而是他根本是由火光內裡所顯現出來的。

……根據我後來的理解，我停留村子的期間，皮耶魯正在進行所謂白化工作。在煉金術的龐大過程之中，白化是繼稱為黑化的初始過程後的第二道程序。結束這道程序之後，接著是赤化過程，如果進行順利，就可以得到期盼中的哲人石。附帶一提，在白化和赤化的過程中間，應該要有一個稱為黃化的過程，但皮耶魯並不認可此說。這表示了他不拘泥於傳統硫磺─水銀理論，而講究實證經驗的態度。

在觀看皮耶魯煉金作業的過程中，我回憶起兒時去鐘錶店的經驗。那個時候，我就和今天一樣，睜大了眼睛觀察那些微小的機械以及細心的鐘錶匠，看他們熟練地把指針往前撥，再往後，然後分解，指針停了，繼而將之重組，讓它再度轉動。……對當時的我來說，這些顯得非常不可思議。

當時的我，心裡有股莫名的敬畏之心。我敬畏的不只是他們處理齒輪的技術，而是幼小的我總是把錶和時間看成相同的東西。因此，我想到，那些鐘錶匠的手中竟存在著一種叫時間的東西，便深深感到敬畏。……

這些回憶應該是不足採信的吧。就事實而言，當年我所看到的可能只是非常粗糙的景象，但是，回憶卻往往會對原來的印象加以修改補充。實際上我只不過以小孩的好奇心與驚訝感，觀看當時還顯得十分稀奇的齒輪錶而已。我真正深刻感覺到時間的不從於人，已經是非常久之後的事了。

……即便如此，皮耶魯的神態，的確讓我回想起昔日在鐘錶匠身上感受到的那種支配時間的能力。皮耶魯對待煉金術的態度，與吾人行彌撒領受聖體之儀式上的嚴格與虔誠，幾無二致。那是一種超越日常生活，宛如觸及某種崇高存在的態度。

對我而言，這著實不可思議。我從皮耶魯身上經驗到的感動，與他能否冶煉出哲人石這種物質並不相關。他所表現出來的獨特質感，說起來，可能不是因為他創造了什麼，而只是源於他操作過程的舉止。

這些操作，若無法成功達到目的，是一點意義也沒有的。但我感到不可思議的正是，眼前這些方法與操作過程，卻脫離目的，自身擁有了一種本質性的價值。常聽人說，煉金師講求技術與人格的雙重鍛鍊。我不知其具體方法。但根據他們的信念，煉金師的人格會隨著煉金過程的進展漸漸體現。所謂煉金術，說到底，是以取得哲人石，把萬物化成黃金為終極目的，這一點殆無疑義。但若在目的之外，過程本身可以作為一種修養之術，那麼，就算尋求黃金這件事到頭來只是一場白日夢，煉金術本身也不至於被專斷地予以全面否定。當然，這裡必須有個前提，即煉金術必須能夠敵得過異端之術的指摘。這顯然是日後要克服的課題，我對此充滿期待。我始終不知如何說明自己這份心情。但此刻的我，只消看著皮耶魯的神態，便能感到自己的這一份期待實在是完全正當的。因為，在我看來，他的神態之所以顯得動人，不僅源自他個人的資質，也是因為他抱著一種不一定要贏的態度來從事整個煉金過程。——

我站在那裡思索著，同時感到一種說不出的無奈感。作為一種自然學的煉金術，的確不是我能充分理解的，但這個異端的祕術之中，的確存在著某一種吾人世界已經漸漸喪失、根源性的強烈魅力。那究竟是什麼，並不可知。但是，我似乎能夠理解，是什麼東西牽引著大亞爾伯投身於煉金術的研究。……

不記得之後到底過了多久時間，我們兩個人沒再交談任何一句話，直到黃昏來臨，屋內昏暗，那時，一步未離煉金爐的皮耶魯才轉過頭來，對我徐徐說了一句：五天之後再到這裡來。說完，便滿面疲憊地坐回椅子裡去。我承諾再來，走至大門，回頭再看了一眼。

深靜的屋子中心，孤獨的煉金爐火焰，還如燈般燃燒著。

□

與皮耶魯告別過後不久，我被一個男人的聲音喊住。是瓊姆。他是村子裡經營打鐵的壯年男子，個頭不高，容貌醜陋，兩腳看起來有點畸形。據說正因為這腿有毛病，所以無法從事農耕，而以冶鐵為業。

這瓊姆，當時理應未見過我，卻將我攔住，盤問我去皮耶魯家的理由。在大致了解情況之後，這人改口稱讚起皮耶魯的為人處事來。讚美之詞笨拙而簡單，沒有什麼重要內容，不過，我倒是因此見識他對皮耶魯的尊敬程度。

黃昏暮色中，我聽這滿面瘢痕的男人沒完沒了說了好一陣子話。瓊姆自稱是村子裡唯一得以出入皮耶魯家的人，負責幫皮耶魯採買食物及其他日用雜貨。此外，他又趁機對我大說村人們的不是。他認為皮耶魯的術法絕對不是假的，因為皮耶魯日常生活支出靠的正是煉來的黃金。

瓊姆的口吻，聽似耿直又低聲下氣，對我小心翼翼不敢造次。他的聲音，聽起來好像喉頭被封了牛皮似地，咕嚕咕嚕很不順暢，混著當時身邊河川的水流聲，宛如被水堵住的垃圾那樣倒進我的耳朵裡。

還未完全沉沒的夕陽，照著瓊姆的臉孔，他咧開嘴，唇邊滾出一堆口沫，襯著夕陽，好似一群吸飽了血的紅蝨子。

這時，由他身後，忽然傳來一個女人的聲音。是瓊姆的妻子。

「喂，你這傢伙，不要太過分了，又在那講那老鬼頭的事嗎！要講幾次你才會懂啊，沾上那些，不會有什麼好事的！趕快回家，偶爾你就不能幫我照顧一下約翰嗎？」

聽到這話，瓊姆忽地火一般生氣起來，罵道：

「囉唆，你這潑婦！不要亂說話！你看，這不是使會士難堪了嗎！你快給我滾回去弄晚飯，少插嘴！」

接著，又轉向我：

「真是個笨女人，……哎，怎麼跟您道歉好呢，……畜生，死傢伙，不是已經回去了嗎，……哎，真是，讓您丟臉了，……不，應該是那傢伙丟臉，那傢伙丟臉，……」

瓊姆低下頭，兀自自言自語，我的視線繞過他，轉而張望方才那個說話的女人。女人此時還站在門口，體型高大豐滿，雙唇像一個熟透的果實，大剌剌地開著。

然後，腦中一片空白的我，眼角似乎掠過什麼景物，遂再往房子看去。

屋邊兩棵大樹相鄰，枝幹茂密，此時有個什麼東西正在其間往復擺盪。我仔細一看，是個盪鞦韆的少年。

那景象瞬時使我微微一顫。因為少年正咧著嘴笑。髮絲飛舞，大眼圓睜，頸上筋絡浮現。那神情，看起來並沒有一般喜悅的光采，更甚連喜悅本身也不是。那張臉上，好像人性的感情被奇怪地隔絕了，笑容單薄如水月孤伶伶地浮著、兀自閃爍明光。

少年以幾乎要把樹枝折斷的力道，來回不斷盪著鞦韆。往前拋的身體，像隻綁住的箭矢，徒然地被往後拉，然後再往前放。然而，這箭矢永遠也到不了目標，因為在目標之前它必然會被拉回來。如此反覆地，放，拉，放。……

看了一陣子，我忍不住轉移視線。想到這樣的遊戲若要反覆持續下去，不禁使我再度感到驚顫。

轉過身來，瓊姆正微彎著身站在我面前。他顫抖著唇說：

「……是個啞巴。……」

□

回到旅舍，一樓的酒場已經聚集了相當多的村人。

太陽早已下山。酣樂的燈光從窗邊透漏出來。

一看到我，村人們便安靜下來。我得從正門走回房間，一路上，我忍耐著一片滿藏輕蔑的沉默。

走到樓梯邊，有人開了口：

「嗨，修道士，偶爾也來和我們一起喝喝酒，泡泡澡吧。」

房裡四處爆出笑聲。男人沒有等待回應，又繼續說：

「修道士，聽說你是為了見那怪人，專程跑到我們村子來，真是，那可是辛苦你囉。」

緊接著這男子的嘲弄，又有其他幾人聲音交錯道：

「若是來見那皮耶魯，應當也見到瓊姆了吧？」

「瓊恩？」

「瓊恩是誰？」

「不知道，誰是瓊恩？」

「瓊姆吧。」

「那個笨蛋。」

「打鐵的瓊姆。」

「啊，你說那個藍袍子的跛腳呀！」

場內哄堂大笑。幾個人還繼續喊著「跛腳、跛腳」、「綠烏龜、綠烏龜」。一旁助興的人敲起桌子，踩地板，甚或就著食器敲打起來。

我停住上梯的腳步，轉頭看他們。吵鬧仍不停歇。一片喧囂聲中，有個聲音拔高一喊：

「喂，誰來給這僧人說明說明吧，別發愣了。」

隨即，房間中央一個男子站起來，說道：

「嗯，這個綠烏龜嘛，依照《舊約》〈詩篇〉第一百五十三篇所寫，就是妻子與人私通去的丈夫啦。」

眾人再度捧腹大笑。

「胡說！」

「不不不，我以聖安東尼之名發誓，這可是真的。……」

接著，這男子換個口氣，模仿雅各說教的模樣，說了許多關於瓊姆的街巷議論。——其大要如下。天生殘缺的瓊姆，始終討不到老婆，住在村外以打鐵維生。某一日，村裡來了個像是吉普賽的女人，這來路不明的女人，眾人傳說可能是個豪放娼婦或什麼，但真正的情況沒有人清楚。不過，因著這女人身上某種魅力，很快成為村子裡無人不曉的人物。後來，不知經過了怎樣的事情或金錢關係，最後，這女人竟在瓊姆家住了下來。村人當然是大大吃驚了，這女人竟然嫁給了瓊姆。不過，更讓人驚訝的是，這女人之後不久，又和調來本地的司祭猶達斯通姦，這就是大家把瓊姆喊成綠烏龜的原因。女人後來懷了孕，生下來一看，是個啞巴，而且還是白癡。這就是那個邋鞦韆的少年，約翰。——

說話的男子，滑稽地圓睜著眼，興致勃勃說完一陣之後，如此結論：

「我看約翰一定是那個酒鬼冒牌僧的小孩。這是神的旨意，也就是說，神的懲罰。阿門。」

眾人同聲喝采，然後又是一陣哄堂大笑。

那天晚上，我做了個夢。

旅途中，從空無人煙的路途彼端，成群黑影迎面而來，待細看才發現是痲瘋病者的行列。

我停下腳步，站在路旁窺看隊伍前端一個女人的臉。微風吹起面紗，縫隙中看見她豔紅的唇角。膚色白皙澄淨，一點沒有病的痕跡亦無塵埃。——我立刻認出她就是瓊姆的妻子。接著，我轉移視線，忽而注意到，他們手中所拿的那種常見的銅鈴，從方才開始就沒有發出任何聲音。痲瘋病患們一邊前進一邊各自搖晃手裡的銅鈴，這真是奇怪的景象。這時，他們走到我身旁，停下腳步，掀起了面紗，走近我，然後在我眼前使勁搖起銅鈴。……可怪的是，沒有任何聲音。於是他們便煩躁地把銅鈴搖得更為用力，然而，還是沒有聲音。見此情景，方才提到的女人淫蕩地勾了勾唇角，然後，整群隊伍像是以此為暗號似地，全把銅鈴舉到了頭上，劇烈地搖起來。往上看，可以看見銅鈴內部那個不停震動的鈴心，有著如梨一般的形狀。鈴心先打右壁，接著打左壁，然後反覆，右，左，再反覆，右，左。……即便如此，依然沒有發出任何聲響。我愈看愈感狂亂，也許是因為這些銅鈴的擺動引我想起記憶中的什麼吧……

我想躲開，便往後退了兩三步。——這同時，有人從背後拍我肩膀，然後，耳邊出現這樣的聲音：

「啞巴。」

……夢在這裡結束了。

□

翌日，出乎意料，雅各・密卡艾力斯來拜訪我。

雅各在教會講完道之後，讓其他同伴先回村裡去，獨自一人來旅舍拜訪我。我雖然有點疲倦，但還是聽從他的提議，到村子西南邊的山丘去。

天空相當晴朗，從山丘上往村子方向望去，村子的奇妙形狀，村人的模樣，盡收眼底。其中有些人朝我們這個方向恭敬地打招呼，他們都是雅各的信者。

我們在草叢中坐下來，聊了一會，我順著他說了一些無頭緒的修道事，同時聽他介紹自己的經歷。他比我年長十來歲，土魯斯（Toulouse）大學畢業，現在寄籍於維也納的修道院。大約一年前，以司牧的身分來到村子。

雅各平常傳教就十分饒舌，這會兒，他講完自己的生活，話題又轉到村子的事。他口氣不太好，特別是對村人的不虔誠，極盡其辭地抱怨起來。

「……不過，現在這樣已經算不錯了。我剛來這村子的時候，似乎連彌撒都沒有舉行。現在也只是一個禮拜一次，而且每次都過了三點鐘才開始。……更糟糕的狀況是，彌撒已經這麼少了，年輕男女還要看有沒有機會認識朋友才肯上教會來。這麼嚴肅的領聖餐儀式，下頭卻老是有人竊竊私語在約時間碰面。……這一定是那個叫作猶達斯的司祭墮落的緣故，錯不了的，這一定是很大的原因。——你看，」

雅各指著一些衣衫襤褸正在玩球的村童，繼續說道：

「就因為司祭是那個調調，這村裡的孩子都是文盲。不是有偽信者這個字嗎，我看那個男的，就是這樣的一種人。……」

我一邊含糊點頭同意這些話，一邊想著昨天從村人那兒聽來的瓊姆妻子與猶達斯的事。

雅各繼續數落村人的惡習，彷彿滿腹憤慨無以排遣，連細節都罵得起勁。我愈聽愈生詫異，因為這男人的口氣聽起來簡直像在侮辱村人。……是的，雅各的態度，的確是一種侮辱。

——我無意識地往天邊看去。從西邊飄來的雲，正慢慢地經過村子的上空，大地像一片被浪打濕的沙灘，染上了雲的陰影。

……然後，視線的盡頭出現了，約翰。

這個啞巴少年，和昨天一樣，用力地盪著鞦韆。雖然此刻從他的臉色上看不出什麼，但想必還是無聲地笑著。

瓊姆並未稱他是白癡。我想那只是恐懼村人們對他的中傷。不過，我心中並未因之萌生向來的憐憫之心，反而波動著一種恐懼，或更大膽說，某一種無以排遣的憎惡感覺。我難以忍受那種沒有目的又毫無意義的鞦韆遊戲。那一個盪點，在我看來，好似奇妙地逸脫了這個世界的秩序，從所有關聯中外放孤立出去。這就好像被蟲啃蝕的衣物，將會導致秩序的崩毀。我懷疑，接下來，罪惡將會率先自它與善之間的連結脫離出去，從宇宙的完全性脫落出去。這是令人難過的事。

我跌進陰鬱的思惟之中。約翰那張笑臉，那張闇黑大張的嘴，看起來就像一個暗洞，引人通往令人嫌惡的不明異界，在那個盡頭，對神之創造力有所輕蔑嘲弄、使人十分難過的聲響不絕於耳。我預感，所有我在學問上做過的努力，恐怕要因為這個單一逸脫的點而悉數化為不毛，歸為泡影。不過，當我念頭一轉，想到那黑暗的嘴穴裡，其實有著色淺奇妙的舌頭，心下不禁又起了懷疑，也許，這些令人嫌惡的東西正以本。

質的形式存在於我想探究的問題之中。與其以為它們存在於異界，不如說它們存在於我們這個世界中最深的所在。在我們所相信、賴以生存、且努力想要了解的這個日常世界的表象之下，也許隱藏著遠比表象更豐饒也更複雜的層面，而在那個所在，神創造的意圖應該會更明確地表示出來。——如今，那個巨大層面正想透過什麼使我得窺其貌，那個媒介，不是別的，正是這個少年吧？

也許，在約翰身上，秩序因而毀壞、損壞，但是，我們所相信的秩序，如果只是一層表象的秩序，如果只是來自個己學問的努力，那麼，這個叫約翰的少年，會不會是神為了讓我們了解自身所知的有限，而鑿穿出來的一個小小風口呢？此刻我是不是由這個針般的風口，初次發覺了其他的層面呢？我回想約翰的空虛動作。在其他層面，或許，動作本身根本不會成就什麼，而只是無止境無目的的反覆而已。也或許，不需要什麼動作，另有其他接近存在的方法。更或許，存在已經就在那層面之中了，這樣一想，心內再次湧來一波懷疑。這些想法真是令人難過。——世界的另一個層面。——我開始質疑自己所思考的所謂異界。我到底把它視為什麼？是地獄？還是煉獄？不，那些畢竟都還在神的懷抱裡。我所想的是，與那些完全不同，一開始就在神創造之外的世界。那個異界，是一個不受限於宇宙唯一主宰者所創造的普遍秩序，而臣服於其他不得而知的秩序，或是，根本不知秩序為何物的世界。這些空想，引著我猜想眼前這世界內裡可能還有其他層面。一些事物的結果，看似脫離了固有的原因與秩序，但也不能將之導向於其他的原因秩序，而是根本就已從普遍的因果秩序脫離出去，而沉澱成為世界的另一層面。如今我的思索正是陷入這個不同的層面。不過，這種把世界分成特殊兩種層面的想像，根本說來是我個人的胡想。這世界，從被創造的那一瞬間，就一定是牢牢結合為一，這是出於神的旨意。如果會有兩個層面那毋寧是因為我自己的認識，換言之，那個被鑿穿的風口，並非在世界本身，而是在我的眼睛裡吧？約翰並沒有打壞這個世界的表層，他是神所射出的一把箭，一把沒有盡頭的，直射人之內心的箭吧？……

耽於思緒的我，正感到微微罪惡之際，雅各再度改變了話題，向我展示一本他帶來的書。書名是《異端審判實務》，作者署名聖伯納（St. Bernard）[15]。

——這時，我才知道他是異端審判官。

雅各談了一些包含摩尼教在內的諾斯底士主義（Gnostics）[16]異端，並問我的意見。我稍作躊躇之後，談了兩三個應該也算觸及核心的看法。但雅各不滿意地繼續追問，而我依舊只是曖昧地應答。

他不說話了。

過了一會，雅各把書擱下，開始談起一般所謂的女巫。照雅各的說法，現在的異端審判，除了根據教義解釋之外，與惡魔直接發生淫亂關係，或是進行褻瀆神之儀式的民眾也都是異端審判的對象。——附帶一提，惡名昭彰的伊諾森八世（Innocent VIII）頒布女巫赦令，正是這之後兩年，也即是一千四百八十四年九月五日的事。

---

15 聖伯納（St. Bernard）：一〇八九—一一五三，中世紀本篤會會長，被稱為中世紀神祕學之父，神學著作豐富而文辭優美，尤以對聖母的佈道詞，洋溢赤子孺慕之情，享有「暢流（流蜜）博士」（Doctor Mellifluus）榮銜。

16 諾斯底士主義（Gnostics）：認為神是靈是善；物質（包括人身）是惡。耶穌既是人，神不可能在他身上，人要靠知識（gnosis）才能識透生命的奧祕和真理。

「從去年開始，康斯坦茨（Konstanz）的司祭管區，舉行了大規模的女巫異端審判。大多數被逮捕的人，當然都被判處了極刑，……」

雅各接著詳細交代了他之所以熟知女巫知識的經過。他原本就參與異端審判，幾年前，更因為與道明會士依斯多里斯（Institoris）[17]會面而受到許多啟蒙。這個依斯多里斯，應該就是日後和賈克柏・修普力格（Jakob Sprenger）[18]一起合寫《魔女之槌》（*Malleus Maleficarum*）的海里奇・克雷姆（Heinrich Kramer）吧。

雅各引用《出埃及記》的句子：「女巫，你不應該讓她活著」，來說明處刑女巫的正當性。這也是後來許多裁判官們反覆掛在嘴上的話。關於異端審判，我雖然極有興趣，卻無法簡單相信雅各對女巫的看法。在雅各的見解裡，存在著一種審判官普遍認可的狹隘觀點，一種簡陋性。如果說語言這種東西，應當透過理性予以鍛鍊使其強健精實，那麼，雅各的語言，就只是黏附了過多的感情，徒增脂肪，欠缺均衡。

17 依斯多里斯（Institoris）：一四三〇—一五〇五。
18 賈克柏・修普力格（Jakob Sprenger）：一四三六—一四九五。

我敷衍地附和著。

忽然，雅各打量我的神色，說道：

「……對了，你昨天碰到那個男的，覺得他怎麼樣？」

我對他的說法感到不快，便反問：

「哪個男的？」

我當然知道雅各說的是誰。

「皮耶魯．迪法。……那個男的啊，」

「那個男的怎樣，」

我打斷了雅各的話，衝口想說些什麼。——不過，也沒繼續說下去。

「……嗯，那個男的……」

那個時候，我想，原來雅各特別到旅舍來拜訪我，把我約到這山丘來，並且在這裡費心說了這麼些話，無非就是為了要問我這一件事，想暗地裡就這件事進行調查。

我因此察覺到他的狡猾，當下忍不住想說些什麼來反抗他的意圖。

我想打斷雅各的話，為別人對皮耶魯的疑慮作些辯護。但在還沒來得及說出口之前，有個念頭阻止了我。

那個念頭是什麼我並不很清楚。不過，我記起里昂主教所說過的一句話。「他確實是個有信仰的人。」為何主教能夠如此大膽斷言呢？我是因為主教這樣認為而想對雅各說同樣的一句話嗎？主教對我說得這麼清楚明白，並且同時說服了他自己。我與主教的差別，是在自我說服之前，還有那麼一步距離的躊躇。

過了一會，我決定開口回應。過久的沉默，往往容易超乎控制，引人誤會。我討厭這種狀況。

「……關於那個男的，嗯，我還不是很了解……」

在我而言，這是唯一不帶謊言的說法。

□

幾天之後，我依照約定，再度拜訪皮耶魯．迪法。

這天，皮耶魯依舊在進行白化的工作，因為我的來訪，他暫時停下手頭工作，在書架前的椅子坐下來。我也跟著坐下，藥品刺鼻的臭味，還有舊書如同腐葉一般的氣味，同時掠過我的鼻頭。

皮耶魯還是沉默著，他無法在與人接觸的當下讓對方感覺到輕鬆，他根本不是那樣的人。他不親切也不笑，這一天他對待我的態度一樣很冷漠，那種硬底子態度，別人看了可能不高興卻又冒不上火，我倒是覺得這神態相當瀟灑。

坐定之後，我為前幾天說過一些準備不周的狼狽話而抱歉，接著，就煉金術的理論，提了一些比較深入的問題。你是多瑪斯主義者吧；皮耶魯除了一開始問我這句話之外，再沒主動說過什麼。頂多偶爾點頭說句「原來如此」，回答也很簡短。「原來如此」是皮耶魯的口頭禪。我問他問題，他總一邊說著這句話一邊點頭，要等上片刻，才緩慢說出他的意見。這句「原來如此」，我聽多了覺得有點意思。好像這個詞得反覆說上幾遍，我才得以被領著登堂入室，了解其中奧妙。

我和皮耶魯談得愈多，愈在許多觀念上看法一致。不過，有件事情，我怎麼樣也難以理解。我無意細談煉金術的繁瑣哲學，不過，對於煉金術的理解，這件事情又有點根本的重要性，所以在此稍作說明。

事情如下。

皮耶魯相信，任何金屬內部都有可能提煉出黃金實體。暫且不論此說正邪與否，依他的概念，任何金屬就自然本性推到了極致，都應該是黃金。然而，皮耶魯又說，我們不可能從個別金屬裡直接提煉出黃金實體，不可能使質料即刻轉化為形體。為什麼呢？因為黃金的實體形狀，只產生於聖多瑪斯所說的：「隨著太陽熱力而激烈作用的一種礦物性的力量」。煉金作業若沒有考慮到這一點，得到的不過是一種附屬性看起來像金但實際上是不同的東西而已。

為了解決這個問題，皮耶魯認為有必要先創造出哲人石（Philosopher's Stone）

皮耶魯一面批評聖多瑪斯沒有提到哲人石，一面反覆強調哲人石的重要。如前所述，煉金術的做法，重點即在以哲人石來達成最後的目標。關於這個步驟，皮耶魯所採用的是傳統的硫磺—水銀理論。

這個理論，以亞里斯多德的四元素理論為基礎，但由阿拉伯世界傳進西歐世界的過程中，有過一些演變與新的詮釋。根據這個理論，所謂土、水、空氣、火，四個元素，可以還原成哲學性的硫磺和哲學性的水銀。這裡所說的硫磺和水銀，當然不是指物質本身，而是一種原理，土與火結合成前者，水與空氣結合成後者，是兩組對應但互不相容的對立物。然後，再各自賦予兩者不揮發性與揮發性、可燃性與昇華性，用煉金術的術語來說，就是所謂男性與女性這兩種相反的性質。這兩性質，係由不同物質抽取而來，然後使其相互結合，成為一種稱為青金石（lapis）的哲人石基本材料。這個步驟經常被喻為「結婚」。「結婚」之後的青金石，經過一次「殺生」、「腐敗」，當其「復活」之際，青金石便可能形成哲人石的實體形狀。反覆進行這個做法，便能提煉出哲人石。

皮耶魯認為「結婚」這個步驟，就是本質的相互融合，這個說法十分特殊。矛盾的是在這融合而得的新本質之中，融合前的本質不僅沒有喪失而且還能各自保有。既然這新的本質能再經歷「死亡」而存有，那麼，所有的性質對立將消融於這純粹質料之中。屆時，在這純粹質料裡，就能清清楚楚呈現各性質的完整存在。——

皮耶魯講到這裡，語意相當隱晦，我不得不略微補充一些。不過，我也擔憂因為我的理解不足，反而把這個理論給闡釋錯誤了。特別是上段敘述的最終部分。

哲人石所顯現的那個物點，就是所謂的存在；皮耶魯只講到這裡。但是，這個說法的意思已經相當明白了。所謂煉金術師，即是把哲人石，也就是顯現存在的物質，納為己有並可以任意使用的人。

這個存在，因為觸及了純粹實現，所以能在物質中生出黃金實體，使質料忽然產生了具體的形相，不再是單一金屬，即，所有的金屬都有可能在一瞬間改變性質成為黃金。根據皮耶魯的說法，舉凡大地間的被造物，每一種質料都有其對應的形相，不僅如此，任何欠缺狀態都有可能回歸到完全的狀態。人類當然也不例外。瞎眼的人可以眼睛有光，聾耳的人可以分辨聲音，痲瘋可以痊癒。哲人石之所以被稱為萬能藥，因即在此。

——然而，這是正當的行徑嗎？

即便再如何認同皮耶魯的論理，我還是會把上述行徑視為一種無望的嘗試。這無望與其來自理論的誤謬，毋寧因為行為本身不夠謙遜所致。說起來，那畢竟是一種覬覦之心。談話中，我好幾次想問這件事情，但每次都開不了口。我的困惑，就如同目睹一幅美得無與倫比的邪神肖像。人們看到描繪聖母或天使的畫像，大多能夠立即加以評斷，指出缺點和種種意見，比如天使的翅膀、羽毛應該要更光鮮炫目，或是聖母的眼睛，不應該這樣貧窮，而要描繪得更慈悲，更豐富一點。不論怎樣拙於言辭的人，總可以說出點什麼意見。可是，當我們看著一幅無比美麗的異教神像，到底應當如何評斷呢？那當然是種怪異的東西，但要全部予以否定也讓人感到有些可惜。或許那其中會有什麼神祕難以抗拒的魅力也說不定。因此，儘管我們努力想找出其中具體的錯誤加以批判，但很快就迷失了方向不知如何著手。因為那怪異的特徵雖然存在在那裡，但它卻也沒有表現出什麼足以使我們明白的。——

我不知道該說什麼。

皮耶魯面不改色站起來，慢慢走向煉金爐。我看著他魁梧的背影，忽而想起那個為了人類而背叛神盜取火種，陷於永劫苦難而堅忍不拔的異教巨人。

片刻，我提嗓道：「您所說的哲人石，……所謂哲人石顯現的存在，……指的是，……」

我腦海裡閃過雅各的話：

「那個男的，覺得怎麼樣？」

——我沒繼續說下去。皮耶魯像什麼也沒聽到似地在煉金爐前坐下來，我默默注視著他，心中漸漸湧起不快感覺。我對自己的執迷感到氣惱。我想對皮耶魯說的其實就是那一句話，但為了說出這句話，我得將圍繞著這句話不知凡幾的執迷的鎖鏈，一一加以切斷不可。這些鎖鏈，有些因為皮耶魯的人格，有些因為學說本身的魅力。但不管怎麼說，都是因為我的怯懦，才讓我無法斷然處理眼前的問題。

我無奈收拾幾本帶來的書，停止了與皮耶魯的談話。他似乎很能理解我的沉默，同樣也沉默著。我經過他身旁，走向門口，同時聽著自己的足音在這靜謐室內叩叩作響，覺得自己非常沒用。——

……離開之後，我不想回旅舍，便毫無目標地在村中晃盪。這個時間，村人不分男女都在戶外幹活。來到村子這麼多天，直到這個時候，我才初次想要觀察此地人們的生活。

那些每到黃昏時分便湧進酒場的男人們，此時全陰著一張臉，聚集在枯萎的冬麥前面。他們雖然認得我，但大多不理會我繼續工作，有些人則是無奈嘆口氣，對著我冷笑。眾人都還在為去年的冷害發愁。已經是這個季節了，氣溫還是沒有回暖，事實上，不只是冬麥，幾乎每一類作物看起來都病懨懨的。

在里昂的時候，聽過同室會士抱怨村子裡的托缽僧差不多被趕得精光。一問原因，才知道村人們認為衣衫襤褸的托缽僧並非出於清貧而是因為怠惰，這個會士說道：

「像我，不知道被罵過幾次了。要是跟他們討個食物，他們就會說你應該自己去耕田勞動。我也不是特別討厭被罵，但他們說的話可是讓人意想不到的毒辣。事實上，這村子去年遭受嚴重的冷害，幾乎到了沒有食物吃的地步。這樣的狀況，村人哪還有能力救濟別人呢？我們到底是從什麼時候變成這個樣子的呢？這樣的修道院生活，難道是聖道明所希望的嗎？」

——我雖不是托缽僧，但也了解他的感受。此刻我站在這些村人面前，感到很不自在，或許就是因為同樣的無力感吧。

滿是補釘的汙泥外套，明白表示了村人的貧困。村人已經受貧瘠大地苛待許久，但他們卻不懷恨大地，不滿的毋寧是天意。我好幾次看見村裡女人責罵天意「怯懦」的奇特光景，她們認為大地也是天意的犧牲者，是值得憐憫的。村中男人也是一樣的想法，他們站在田圃裡仰望天空，眼底滿是輕蔑。在他們與這片不幸大地的關係之中，似乎有著什麼不可知的重大祕密。因此，他們的勞動使我感到一股莫名的壓力。我似乎有點嫉妒這群村人。

他們之間沒有太明顯的貧富差距，多半共同勞動互相幫忙。村子周邊的土地，大多已被城裡的富裕市民買走，我在此地幾乎感覺不到那種受單一領主支配的情況。或許就是因為這個原因，我對這個村子的印象，一直都很孤立，好像記憶巨流裡一塊零星的礁石。

——而這裡的教區司祭又是怎樣的人呢？事實上，這幾天，我常想到那個猶達斯。我的第一印象沒有錯，猶達斯是那種庸俗又墮落的司祭。村中無人信重這個男子，而猶達斯也肆無忌憚地侮辱村人。僧院裡常有二三女子出入，他與她們大約在院裡終日耽於淫樂。我初次拜訪他時所見的那幾個女子，說不定也是這類人。據說從打鐘到諸多公事，都由輔祭代為處理。就算不提瓊姆妻子那件事，其他類似傳聞仍不勝枚舉。他鎮日都在酒醉狀態，「葡萄酒喝到那個地步，猶達斯的血是絕不可能成為聖基督的血的。」村子裡處處流傳這類耳語。猶達斯的墮落本是庸俗的，但對我而言，那種庸俗反倒使我覺得可疑。因為我認為他呈現了某一種衰弱。在那種衰弱裡，放縱過的生命力殘渣和將來復甦的徵兆是無法同時並存的。他只要繼續酩酊不醒，便不會生出力量來把他導向痴狂。黑暗也好，荒淫也好，離躁亂與瘋狂都還有一段距離。再說，當初引我注意的教堂祭壇，聽說是猶達斯所設立的，這件事使我不禁對他的卑劣庸俗起了一絲憐憫之心。當然，我無意替他的生活辯護。我之所以對猶達斯的衰弱感到興趣，是因為那是一種常見的情形。我不認為他的衰弱只是一個從事聖職之人墜入了無信仰的民眾生活，在我來看，他所表現的衰弱，是從一種極端的墮落轉向庸俗的墮落，更精確點說，是從本質性的墮落轉向周邊的墮落。對我而言，那不只是最近發生於猶達斯個人的事，而是長久以來發生在我們所有人身上的事，然而我們已經想不起來自己相對的墮落之罪。……我恐怕又陷入幻想了，有一瞬間，我的思考已經離開了理性的控制，我竟將猶達斯的墮落和過著虔誠修道院生活的僧侶們連接起來。——

走過橋，一個女人的聲音叫住我。我與雅各屬同教派的流言已在村子裡傳開，因此，面對村人對雅各的信賴，我多少也須幫著分擔一些。這個女人，即是聽了雅各的傳教而改信基督的人之一。

女人請求懺悔。在村子裡我經常遇到這樣的人。這證明雅各的傳教在村內相當普及，因為他勸告村人，無論在什麼地方，都應該為自己的犯罪作告解。我默默聽著女人的告解，贈與她幾句福音，然後與她告別。女人的告解內容很混亂，但她懺悔時的真摯表情鮮明地映在我的心裡。

我再度想起了皮耶魯。——

難道我因為單純的尊敬之心，而分辨不出可懼的異端嗎？——

這樣的疑惑，幾度在我心裡翻攪。無論如何，里昂司祭已經說過，皮耶魯是有信仰的人。他認同神偉大的創造力，相信世界的秩序。這也正是他致力的自然學的重要前提。我之所以猶豫著無法對他的異端嫌疑採取斷然態度，一部分因為這個原因，一部分是我覺得他的煉金術理論深具魅力。另一個更大膽的原因是，自我看到約翰之後，一直有股力量，驅使我想要**全面性地理解神的創造力**。我猜疑，我所苦惱的問題，答案可能就深藏在煉金術的奧祕裡。

此外，我也驚嘆於皮耶魯孤絕的性質，超然的態度。皮耶魯身上彷彿有一種不可思議的異端氣氛。那到底是什麼呢？那是他身上所特有的嗎？使我迷惑的是他身上的宏偉之氣，但是，我所懼怕的也一樣是那宏偉之氣。因為，憑著那股氣息，必然可以分辨出我和他的根本差異。

……回旅舍的路上，我忽然想起，從里昂主教那兒借來，旅行前曾讀過的《赫梅爾文獻》中的一個句子。

「……吾敢大膽斷言，地上的人是應死的神，天界的神是不死的人。」

這樣的詞句，和皮耶魯到底有什麼關聯，我還不清楚，不過，皮耶魯所帶給我的衝擊，顯然完全不同於我在一般人身上所經驗到的。

□

從那一天之後，我經常到皮耶魯的家去。

皮耶魯並未拒絕我的來訪，但也沒有表現出歡迎的樣子，只是允許我翻閱他架上的書籍。藏書極多是手抄本，以工整細緻的大寫字體抄寫而成。寫在頁面空白處的注釋特別使我感到興趣，從這些零星的文字，可以看出皮耶魯對自然學的理解是如何深入精準。

讀過那些書，我在學問上有了一些新的心得。——不過，內心的迷惘依舊沒有化解。

我被某一種鎮咒給困住了。該怎麼說明這種感受呢。這困住我的鎮咒，說起來，恐怕就是皮耶魯．迪法這個人。

我每到皮耶魯家，坐在他身邊看書，同時看著他操作那些試驗步驟，總自然而然覺得再正當不過。但是，一旦離開他家，一思索，一種含著懷疑的不安就會在我內心萌芽。——那無疑是一種對異端的不安。

我並不懷疑皮耶魯的合理性精神。至少他表現出來的是一般自然學必要的明確，他詳細記錄所有實驗過程，推論也深具洞見。對我這種在巴黎見過許多賣弄學說的人來說，他的作為與態度十分難得。不過，使我難以理解的是，皮耶魯既然能夠以冷靜的理性來分析神的秩序，為什麼一碰到哲人石的概念，卻不能抵擋地被完全吞納進去呢。我每想到這件事，就感到不寒而慄。因為當時還不知事態的我，竟然已經不自量力自行實驗起來了。

我好幾次嘗試以其他理論，想藉以否定哲人石生成的可能性。可是終究提不出一個具體的說法。即使再有足夠的時間，只要一開始思索這件事，就立刻被一種空虛感包圍。就算苦思建立了一些理論，只要稍花時間加以檢證，其內容的空洞必然再度使人失望，使人感嘆這些嘗試根本不可能有所結果。倘若哲人石真如我所想，那麼，我應該可以以任何語言輕易予以反駁才是；然事實並非如此。只要談到了哲人石，語言就顯得無力。一旦碰觸到哲人石這個觀念，就如同想在火山邊緣舀一勺熔漿，總是無法靠近，就算真達成了，所有語言也都被燃燒殆盡了。

我不得不沉默下來。極其慎重地選擇語彙，碰到學問上的不明點，不厭其煩從自己的書本裡尋求解答。我害怕與皮耶魯進行討論，害怕去認定他的說法到底是不是異端。畢竟，我是一個熱誠擁護宗教的人，一個聖道明會士。……

——不過，這段交往，讓我有機會觀察他的日常生活。

皮耶魯．迪法的生活，相當自制規律。早起後立即進行晨禱，接著盥洗，把鬍子剃得乾乾淨淨，進行煉金作業，九點整用餐，之後再度作業，終了用晚餐，研讀書籍，然後，進行晚禱，在稻草鋪成的簡陋床上就寢，整個行程如行星運轉一般準確規律。每天他只吃中午和黃昏兩餐，菜色多半是大麥或黑麥作成的黑麵包，搭配蠶豆或豌豆，沒有肉食，也不用香料。這些都委由瓊姆採買料理，皮耶魯會付給他一個大致的費用。

我曾有過一次和皮耶魯共同用餐的經驗。過程如何已經想不起來，但印象中還記得瓊姆一邊準備兩人份的餐具一邊以驚訝的眼色看我。因為通常皮耶魯在用餐時會特意避人，不允許別人接近他的餐桌，即便是瓊姆也不例外。

雖然不是工作的狀況，皮耶魯的舉止也沒有什麼改變。他對用餐行為似乎賦予重要意義。從餐前禱的虔誠，到用餐時的沉默，都可以看出這一點。整頓餐吃得緩慢費時，且不發出一點聲音。看起來就像長期斷食的人，第一次要將食物放入口中，對食物的態度是非常肅靜認真的。他對生理性的慾求控制極嚴，但不是一味地貶低與壓抑，而是透過儀式的賦予，使人相對變得高尚。儀式中的食物，對皮耶魯來說，雖是來自外部的異樣物質，但在進入體內之前，業已獲得了相同的質性。當皮耶魯面對煉金爐的時候，往往能與外界不可思議地合成一體相互充實，同樣的原理看來也顯現在餐桌上。

在這唯一的共餐結束之後，我記得皮耶魯首次主動開口談話。談的是金屬質料如何生成黃金實相的問題。很遺憾我沒有詳細記得內容，不過倒確切記得皮耶魯提了一個自身的往事。關於他的過去，這可以說是我所僅僅知道的。

年輕時候，為了追尋哲人石的祕密，皮耶魯遍歷各國。有一段時間他在里昂附近的礦山擔任監工。他雖然只在這個地方待了幾年，但在每天來往的礦坑中，皮耶魯有了幾個關於煉金術理論的重大發現。他確信物質中存有黃金實相，也是從這個時候開始的。

——他告訴我的只有這些。不過，因為聽了這些，日後我每對他產生懷疑，便傾向往這段往事去尋求解答。好比，他的生活費來源，就使我不解。特別是日後來我所看到他的不可思議的行徑，想起來，足以解開困惑的關鍵，恐怕也在那段往事裡。

□

我拜訪皮耶魯．迪法的時間，多半在早上，或是用過正餐，太陽稍稍西沉的時候。因為一旦到了黃昏，皮耶魯就經常會出門去。

剛開始到他家去的時候，我沒注意到這一點。若碰到他不在家我總以為只是偶然。經過了一段時間，我開始覺得這件事有點奇怪。因為在皮耶魯嚴謹的生活裡，幾乎只有這黃昏的外出是隨興所至不依規則進行的。某一個黃昏，差不多就是我初次遇見他的時間，我遇到剛從森林回來的皮耶魯。使我意外的是，他臉上顯現我從未看過的憔悴神色。我不自覺地脫口問他原因。但皮耶魯並不回答。我又接著問他為什麼到森林裡去。我之所以敢踰越平常分寸這樣大膽發問，實在是因為我對他黃昏時分的外出，早已滿腹疑惑不得其解。再者，聽說這森林有惡魔出沒，通常村人絕少靠近此地。皮耶魯沒有不知此事的道理。既然知道，為什麼又非進去不可呢，我極欲知道他的理由。

他面不改色沉默著。經過許久，只回答一句：「為了第一質料。」然後，兀自關上了家門。——

有一下子，我覺得這個回答還算對勁。這裡所謂第一質料，與亞里斯多德的用語不同，而有其煉金術的特有意義，皮耶魯言談中經常提到它。皮耶魯認為它無所不在。我想他去森林裡應該是為了探尋第一質料。

但不久，我心裡又產生疑問。尋找質料這個理由，固然可以說明他為何外出，但是皮耶魯卻沒有說他為什麼要無緣無故這樣做。再說，就算這是事實，他為什麼非在黃昏時候去不可呢？現在的試驗作業根本還未完了，為什麼要急著去找下回使用的第一質料呢？我怎麼想都覺得皮耶魯有前後矛盾的地方。……

——大致是發生過以上的事態，我才開始察覺到真相。

接著，是某一日的事。

那一天，我原不打算拜訪皮耶魯，獨自在房間裡度過午後時光，不過，因為提早讀完了書，我想再借一本書而在日落時分離開了旅舍。

天空雲彩流動，彷彿層層剝落的樹皮，河水映照著妖豔的晚霞。太陽雖然還沒完全落下，但殘雪般的月影已經懸上。西邊天空有星光閃爍。

橋的彼端是瓊姆的家，約翰一樣玩著往常的遊戲。綁了繩索的樹枝嘎嘎作響，聽起來像在嘲笑著什麼。樹下少年的臉，這一天，仍然彷彿無聲的暗穴，仍然吐著長舌頭。少年身後有濃密的荊棘，還有幾棵蘋果樹。然後，我看見了少年身後的女人。女人一邊餵食著腳下的鳩鳥，一邊以憎恨的冷淡眼神瞄著少年。不同於村人的描述，那是一張眉宇大氣的美麗的臉。不過，那種美一下子就消失了。也許是因為她那敞開的胸口，讓我想到肉欲的流動。我看著她厚厚的嘴唇，想起了日前的夢，不愉快的感覺一股腦湧上來。

我快快離開，趕往皮耶魯那兒。才走幾步，剛巧看見皮耶魯的背影正要出門往森林去。我本想開口叫他，但稍加思索便轉了念頭，小心翼翼地跟蹤他。我非常知道這樣的作為是可恥的，但還是忍不住這樣做了。當時，彷彿血肉為之沸騰似地，有一種濃烈的預感驅使著我。

皮耶魯從屋後走入森林之後，一邊注意著周遭的動靜，一邊朝東南方向走去。我隔著一段距離跟蹤他。腳下沿著一條經常走踏而形成的隱約小徑。皮耶魯秉著右手那盞微弱的燭火，沿小徑往前走去。

森林裡已是一片暗黑，皮耶魯因此沒有發現到我。蟬在叫，鳥在啼。啼叫愈是響亮就愈讓人感覺到四周的靜寂。錯雜的枝幹覆蓋在我頭頂上方，偶爾有些樹葉蟲類掉落下來，還有不知從哪兒飛來、分不清楚是蜂還是蠅的小蟲到處亂飛。我忽然明白，這樣的地方為什麼會傳言有惡魔出沒，同時想起曾經在這森林見過大火的幻象。這樣一想，原本無所謂踏進森林的我，一下子感到不安了。也許是心理作用，臉頰上一陣熱起來。

——我會不會太莽撞了？……這時，眼望前方的燭火好似就要散掉，我不自覺發出喊聲。火光稍稍晃動了一下。

我感到背脊上的汗意。我想，這汗不全因為走路，恐怕這汗水裡有些什麼不可知的魔性。汗水淌過背脊，就好像被什麼烏黑銳利的爪子抓過而留下了一條條傷痕。

森林裡的空氣，好像他物排放出來的廢氣，讓我感到呼吸困難。這也許就是所謂的瘴氣吧。每呼吸一次，體內就湧上一股難受的感覺。……我想過往回走。但是，一種難以言喻的陰森力量，促使我繼續往前走。

走了一會兒，傳來皮耶魯渡河的聲音。這條河，就是那條貫穿村子的河流，說得更精密些，是那條河的支流，直到森林口才與主流匯合。當然，這是我後來才知道的事。當我小心翼翼不發出聲音，好不容易渡過了河。河水雖然只到小腿肚，但超乎這個時節的冷冽，讓人覺得彷彿淨遍了全身。

愈往裡走，暗影愈趨轉濃。搞不清楚自己走的路線，往回看，黑暗裡也只是林鬱重重。這時，燭火在石灰山壁前停住。這應該是村子裡看到的那片東邊險峻山峰。皮耶魯在這兒四處張望，確認周遭，然後，舉起了右手的燭火。火光照出岩壁上一個洞窟入口。那是一個如傷口般裂開，細長菱形狀的洞穴，寬度頂多只能容納一個人進出，穴口周圍全被蔓生的常春藤覆蓋。洞穴內部是另一片黑暗，隱約只能辨認出路徑愈來愈窄。

皮耶魯換上新的蠟燭，然後再把懷裡剩餘的蠟燭和火種加以確認之後，才舉著燭火隱進洞穴裡去。

我從藏身的大樹蔭裡出來，觀察他的去向，然後打量一下周遭。我沒有改變跟蹤皮耶魯的心意。但是，那洞穴裡的黑暗，卻使我卻步。我著實感到恐懼。然而，這份恐懼，不完全是因為對眼前未知的黑暗感到不安，而是那洞穴裡似乎有一股莫名力量正溫柔誘惑著我，一種既熟悉又難過的感覺使我恐懼。但我愈是想自其中逃離，就愈是被一種想進洞穴去的慾望所包圍。

最後，我終究臣服於慾望。

彼端那漸去漸遠的火光呼喚著我。我發暈似地追尋它的蹤跡。暈眩中我隱約望見黑暗或燭光在遠方閃爍，一會兒逼近來像要把我吞沒，一會兒又逃得如許遙遠。……

我不知不覺逕往前去。

□

——過了許久，我的意識才稍微清醒過來。

洞窟裡，又濕又冷。

走過一大段令人氣悶的狹路，眼前我來到一個約有天井高、路面般寬的所在。皮耶魯的身影還沒有跟丟，這使我稍稍放了心。這裡離入口已經很遠，回頭已看不清來時路。外界光線完全到不了這裡，洞裡唯一的光，只有皮耶魯所拿的那盞幽微燭火。

四周的環境得等燭火照到了才可略窺一二。前方是一片凍結成瀑布般的岩壁。冰柱先在頂端蓄滴成團，然後一股作氣崩流到地上來，那種氣勢，讓人忘了它原來點滴形成所耗費的漫長時間，而只在乎著這瞬間所激發的形象。崩流而下的聲響被吞沒於水流之中，而水流又被泛著象牙色澤的沉默岩石所阻擋，靜靜繞著岩石底部打顫。整片岩壁左右對稱，中央處一片陰暗。前方杳杳不知盡頭。我四周幾無光線，腳下不時有石筍尖銳起伏，好幾次使我不得不匍匐前進。

奇怪的是，在這段時間內，我為了求取光源，不經意會接近皮耶魯身邊，幾次還被石頭絆倒，在洞內引起一陣聲響；儘管如此，皮耶魯卻始終沒有回頭看。

我不認為當時皮耶魯沒有任何察覺。可是，如果他已經注意到我，應該不會佯裝不知情才是。這到底是怎麼回事呢？

大概真的沒察覺吧。或許皮耶魯也和我一樣，正被某一種難以抵抗的力量吸引著，不得不往前、往更深的地方探去。……基本上，他這樣避人耳目地到這地方來，應該只要稍加留心就可以避開我。——不，他這麼留心，是不可能沒注意到我的。……他注意到了嗎？既然已經注意到，他會是因為想把我引領去那裡，所以不回頭、不說任何話嗎？……

無論如何，我的確是被引領到那兒去的。

走到這裡的我，分不清前後，只能亦步亦趨跟著皮耶魯，隱隱約約感覺愈來愈往地底深處去。下坡很多，且不時會有兩三尺的落差出現。我有點喘不過氣來。先前走過的寬路，開始又變得狹窄，如此走了許久，天井不斷有水滴下來弄濕了我的頭髮，腳也浸在地下水的細流裡濕了。在這個深寂的洞穴內，從石頭滴下來的水滴聲，彷彿敲鼓一般，規律地響著。汗漸漸乾了，我感到一陣惡寒。皮耶魯仍然沒有回頭，腳步如前，只有在燭火快要熄滅的時候，才會稍稍微停下腳步。我一邊走，一邊回想方才的岔路。這一想，不由得感到驚恐。我對岔路毫無標記。走到這裡，到底經過了幾條岔路，也完全記不清楚。我為自己的單純大意懊悔莫及，且開始懷疑自己能否從這兒生還回去。

……過了一會，走到水流稍多的地方，路徑漸漸變寬。前方放出微微的光。好像把某一種蟲抓在掌心裡所放出的微微的光。我懷疑這是燭火的亮光，但又好像不是。光曖昧地籠罩了盡頭。

路徑慢慢寬開，不一會來到一片洞天。抬起頭，上方仍是一片黑暗，但從底部照上來的微光，讓那些垂懸的鐘乳石看起來像是飄浮在天空之中。腳下到處是被水侵蝕而成的石筍，上下與鐘乳石相互對應，其中有一些已經凝聚成了石柱。其形成的新舊可以從形狀推斷出來，剛形成的石柱中間會束得比較細，而最早形成的則像飯匙堆出來的一座小山；不過，也有些石筍沉在水面下，而鐘乳石已經從上而下堆得甚為巨大。——不管是哪一種，這個時候，都在黑如鏡面的水上映出幻夢般的影像。

被水滴浸透得十分白皙的石質，在光線照射之下，閃耀著黃金色澤，而無光的暗影則顯現出侵蝕的深刻。

在眾多滴石的中央，矗立著一個很大的石筍。光的源頭似乎就在這裡。然而，皮耶魯魁梧的身材，正巧遮住了光源。一直躲在他背後的我，暫時看不到光源，只好打暈皮耶魯背影外圍，也就是光源周遭的景象。

——那是這樣的情景。

石筍往上直伸，在四分之一的高度收緊呈中細狀，之後漸次變寬，緩慢地與盡頭連結起來。大部分上下相對的鐘乳石多呈現這般形狀。高度約有三個人高。兩端滴石似乎即將融合，在極端接近的地方，僅留下兩根指頭程度的空隙。那樣的空隙閃爍著一種即將形成的預感，其中的張力遠比實存本身來得更為緊繃。

石筍底盤周遭，波動著蠟光似的水流。從水上隱約可見從石筍周遭的附根到水面為止的這片區域，全都長滿了薔薇。按理來講，這洞內應該長不出植物，然而這片薔薇卻在這樣一個奇妙的地方盛開。倘若所有薔薇同在瞬間綻放，必然紅得像片剛切開的新鮮血肉。花香瀰漫四周，預告著綻放的瞬間即將來臨。在這些景象的上方，有光隱隱如面紗般垂了下來。……

——那是多麼不可思議的光啊。我過了片刻才略微平靜下來，再度躲進岩壁縫隙。因為我想親眼確認這光線的來處。

我四處察看，漸漸認出了光源的所在。

關於以下我所敘述的事，以及這個洞穴的景觀，人們如果認為這只是幻覺，我也無從反駁。我的確眼見了這些。但也只是眼見了而已，又能說什麼呢。也許，就像村人們說的，這森林裡有惡魔，我是受了巫術蠱惑，人們若要這樣毀謗我，要我認罪，要我在主面前為自己的怯懦懺悔，我都甘於承受，因為，我多麼盼望我能夠承受這些，而不願相信我眼見的景物真正存在於這世上啊。

在巨大的石筍上，可以看出手臂，乳房，垂著頸子的臉，在腰際處也有著陽物的形狀。沒有任何衣物，只在頭部有著荊棘與蛇交織而成的頭冠。荊棘的花和腳下盛開的薔薇是相同的鮮紅色，蛇沿著頭部爬一圈，在額頭上咬住自己的尾巴，打了一個結。手肘和膝蓋以下，都埋在岩石裡，背部也附著於石壁。若再仔細看，手腕和腹部間的空隙，還有兩腳間的空隙，也都被石頭佔滿了。

從陰囊內側，或者該說，從陰囊附近的陰戶穿進去，有個如同棒杖的東西，穿過肉體，然後從頸部外突出來。棒杖同樣被荊棘與蛇所圍繞，只不過這裡是兩隻蛇，相互咬著彼此的尾巴。從頸部外露出來的棒杖頂端，就像到處都是的小而銳利的石筍，呈現槍一般的形狀。相對地，陰戶那邊垂下的末端有繁複的紋飾，頂端是個雞蛋大小的圓球。圓球上有著由圓與菱形組合成的標記。圓從內部被拉成直長形的橢圓形狀，菱形則把橢圓的四個頂點連結起來。菱形內部，因為靠近左右兩端肉質稍厚，水平對角線變短，而成了一個無稜角的菱形。這各種形狀，只以上下兩點共繫，而這兩點沿著棒杖拉成了一直線。

整個肉體，看得最清楚的是豐滿乳房的優美曲線，以及腹部或雙肩顯現出來的堅強感覺，這兩種相反對立的性質，經由一根棒杖的統馭聯繫，構成了危險的均衡。這渾身肌理緊綳的肉體，好似此刻才剛從石壁誕生出來，或是正全力抵抗著不被石頭吸納進去。這些紛擾力量，到了乳房周遭隨著脂肪緩和下來。脂肪將蠢蠢欲動的憤怒筋肉包裹起來，使其靜止，再沒有其他東西比脂肪更趨於靜滯了。

同樣的對立也呈現在臉上。緊閉的雙眼，看不出是因為痛苦，還是正在睡夢當中。眉間的皺紋，看似哀愁也似快樂，但總之是沿著高聳的鼻樑，一路往下而消失了。那是張削瘦的臉，下巴曲線平滑得像枚未熟透的果實。一些頭髮蓋住了下巴，看起來像蜷居的爬蟲類，又像從水缸漏下來的水滴。

——這個物體周遭閃爍著金色的光輝。

我原本懷疑這也許是個石像，但很快便發覺不是如此。因為，我確實地感覺到這個東西是活的。但它到底是什麼呢？是人嗎？也許是吧。假設它是人，那麼，它看起來既不是男性，也不是女性，也可以說，既是男性，又是女性。這樣的東西，可以稱之為人嗎？我接著想，這個被囚禁在石壁中的東西，會不會就是傳說中煉金術的人造人？這個說法搞不好很合理。不過，我又進一步臆測，或許這是天上掉下來代表黎明之子的明星，或是，被神以雷電擊落的墮落天使。——這念頭無論如何不能使我信服。因為，那個物體的姿態，如果是惡魔的話，未免顯得過於美麗了。這麼說，它是天使嗎？……

我感到暈眩。它所散發的光是如此微弱，若以恩寵而言未免太過昏暗。且那不知從何而來、相互激烈對立的力量，正折磨著眼前這具肉體，彷彿就要將它撕裂。

雖然在這個雌雄同體者身上，存在著所謂青春，或是某一種容易瞭解的感覺。不過，這份青春，恐怕是從經歷了幾百年、幾千年的礦物成長，換言之，也就是從衰老之中得來的。因為在它所顯現的明確性裡，擁擠著一種內部的隱晦。隱晦所造成的難以理解，不外是一種損耗，而這種損耗就是，衰老。青春這種東西，本來就該是一種止於表面的性質，因此，不會有所謂的內部，深入內部只是表面體積的無限擴張，如果一定要滲透到內部去，它所接觸的也應該只是和表面相近的東西。不過，這種純粹的單純，應該很脆弱吧？就像純金屬總是比合金來得更容易損壞。——與此相反，我眼前這具雌雄同體的肉體，是好不容易經過了好幾次衰老才成就的。因此，它不會了解青春所必然伴隨的枯萎暗示。衰老自身即是由青春所成就的。衰老讓青春走在前頭，卻也不跟續在青春之後。青春的前端，只有青春。衰老這種東西，用的完全是肉體，而與青春無涉。……

我轉頭去看皮耶魯。

原本佇立在水邊，觀望石中肉體的皮耶魯，這時快速往前行去。許多倒映於水面的滴石在他腳下四處碎裂，金光閃耀如同野火氾濫。洞窟內水波暗影搖曳。水很淺，只濕到膝蓋程度。

皮耶魯走到石筍中心，踏開了薔薇花道，站到石人面前。然後，把石人全體，從埋在石筍中的膝，到低垂的頭，給仔細看了一遍。

他輕輕嘆了一口氣。我無從看見他的表情。皮耶魯伸出顫抖的雙手，以指尖輕輕拂開石人的髮，觸摸這雌雄同體者（Androgynous）的臉。接著，他用兩根指頭繼續撫摸著臉，其他手指往下以兩掌托起下顎，然後，用拇指沿著鼻樑，撫摸嘴唇，然後是下巴。接下來，繼續沿著頸子，撫摸肩膀，摩娑乳房的曲線，滑過腰，到了陽物。皮耶魯把它握在手裡，再以唇貼近乳房兩側。他以這樣的姿勢傾下身去親吻陽物，再探進陰囊裡確認了女陰，然後把觸過女陰的手收回來放在嘴邊親吻。

——在這冷豔的肉體之前，皮耶魯恭敬地完成了這一連串動作。由上頭鐘乳石落下來的一顆水滴，經過石筍，落在了雌雄同體者的肩上。……

我頭上濕成一片。不僅因為緊張，也因為洞內溫度實在異常。自從鑽入洞穴到現在，我幾次因為寒冷而顫抖，但也不時感到悶熱。特別是當我看到巨大的石筍之後，便漸漸感到渾身溫熱，這時幾乎已經熱到汗淌不止的地步。我想呼吸點外界的空氣。這種熱，對我來說奇妙地有點熟悉，但又令人難以呼吸。——差不多接近體溫。

皮耶魯離開了石筍，回到水邊。接著，從懷裡取出蠟燭，換上新的火。

我拉開領口，望著眼前景象發呆。這時我心裡想起雅各說過的女巫儀式。雅各其他偏狹的談話我多半忘了，但是關於夜宴瀆神儀式的部分，因為內容怪異，倒還有著印象。其內容可忌我不便多做敘述。只說一點，即在儀式開始的時候，他們必須親吻惡魔的臀部，才可獲准參加夜宴。當然，這個洞窟內，除了我和皮耶魯，以及雌雄同體者，再沒有其他人。這兒當然沒有舉行夜宴的打算，就算有，我想皮耶魯絕對不會參加這樣愚蠢的集會。皮耶魯親吻了乳房，以及兩種性器。但是，最後應該沒有親吻臀部。……儘管如此，我依舊忍不住恐懼，皮耶魯的作為是否和所謂的女巫儀式有些什麼關聯，因為當時的皮耶魯看起來好像真的進入參與了某些不存在世間的東西。

黑暗中的微弱燭火，在皮耶魯憔悴的面容上晃動著。然而這些疲倦的痕跡裡，孕育著強烈的再生力量。

皮耶魯從我身邊經過踏上了歸途。我想繼續留在此處，由自己來判斷這個不可思議，既是男、又是女，是人、又是動物，是惡魔、又是神之差遣的不可知之物。不過，我放棄了這個念頭。無論如何，我得盡快出到外頭不可。原因很難說得清楚。唯一可確定的念頭是，我想，我若是再遲一點離開，恐怕就別想再從這兒逃出去了。——

當我好不容易走到洞口，已經是夜的時分了。黑暗不知何時已經從洞內泛散開來，籠罩了整片森林。我跪在岩縫間，等待皮耶魯的燭火遠去。我的意識已經回復。——無論如何，沒什麼好急的，在這片森林裡，就算迷路應該也不至於發生什麼大事。皮耶魯在森林裡是會回頭張望的，到時候，我一定會被他發現。——我這樣告誡著自己。……

一片靜謐中，我凝望漸去漸遠的光。

背上吹過一陣冷風。

頭上飛禽的鳴聲像是要劃破穹蒼似地，斷斷續續叫著。

夜吐出沉重、溫腥如獸一般的喘息。

□

差不多就在這一天前後，村子裡開始流行一種奇怪的間歇熱病。洗禮者聖哈拿紀念日過後兩天，第一次有人死亡。隔一天，又有一人死亡，再隔兩天，一下子死了三個人。

村人們把這病稱為聖安東尼之火（Saint Anthony's Fire）。即使到了今天，我還是不了解這個疾病，也無從知道這名稱到底是對是錯，但這個突然襲擊村子的怪病，遠比傳說更為凌厲，瞬間就帶走了許多生命。

——病情甚至擴展到心理方面。村人因為長期的冷害，生活陷於貧困。偏偏間歇熱病又忽然在這裡肆虐起來。

村裡到處有鬧不完的紛爭，夜夜酗酒狂歡，娼婦不停地從一個房間轉到另一個房間。眾人幾乎把一年份的葡萄酒全給喝盡了。在另一方面，人們出於貪婪開始求乎信仰，村人陸陸續續來找雅各和我。特別是疾病帶來死亡之後，這些人如決堤般湧來。

村人想起過往肆虐的黑死病，十分恐懼。記憶隨著人們的不安，鼓動成更駭人的東西。——不過，使他們感到惑亂的原因，應該還有一些外在的事象。

差不多是這間歇熱病流行的同時，村子裡開始流傳一種謠言。說是每當染紅穹蒼的時分，就會有巨人出現。我把自稱親眼見過的人的種種說詞拼湊起來，進一步知道了流言的內容。大部分的說法都談到巨人，其中有些描述雖然令人難以置信，但怪的是很多人都講一樣的話。好比每個村人都極端強調巨人的高大。根據他們的形容，非得把頭從左到右盡可能轉上一圈，才可能測量出巨人一隻腳的寬度，巨人體毛粗如樹幹，天空所顯現出來的不過是其下半身，腰部以上還有更多全都給雲遮住了。此外，另一種相同的說法是，巨人總是以男女兩種身體出現，在丘陵彼端如同野獸般激烈交合。見到這景象的人，往往同時會聽到暴風雨似的響聲。

在流言尚未傳開之前，就曾有一個來拜訪我的婦人，說出這樣的懺悔詞：

「……我看到多駭人的東西呀。那是兩個人，可是，……卻從後頭黏在一起！」

我自己並沒有親眼見過這些。然而，謠言甚囂塵上，我也日漸觀察出來這樣的情況。每當傳說巨人出現，必有豪雨接踵而至。雨，從太陽下山之後開始不停地下，終夜雷雨不休，直到黎明前驟然止息。然後，旭日東昇，天空赫然出現彩虹。

有時我整夜耽於思索，早晨便目睹彩虹燦爛浮現於天際，那是一種巨大、美麗、充滿亮光的、優雅、神聖的景象。我在其中看到大地所有生物與神立下的契約的標記。一天一天，疾病在村子益發蔓延開來，聲稱見過巨人的目擊者愈來愈多，豪雨造成河川氾濫，人們望著雨後轉靜的天空，眼神充滿不安與憤怒。然而，往往就在此時，彩虹悠然現於眼前。——我曾多少次為這景象感到震撼？想想，這可是一股了解我們所有罪惡，卻仍然堅持守護我們與神立下的約誓，並默默將其標記表現出來的偉大力量！

……某一天的午後，我在教會附近被猶達斯叫住。

他的神色一如往常怠惰帶著冷笑，對我說道：

「喂，你這傢伙，怎麼也忽然跟村人吹噓起女巫的事呀？」

我聽不懂他的意思。猶達斯繼續說：

「把這裡發生的事，全說成是女巫害的，你不也是這樣教唆村人的嗎？」

——我從猶達斯這裡得知，幾天前，雅各頻繁地在教會裡傳教，把冷害、疫病的蔓延、豪雨等，都歸於女巫妖術所害。人們信之不疑。如今來聽傳教的人愈來愈多。

雅各對他們說，村子裡確實有女巫，這個罪惡深重的人應立即悔改，自首認罪，否則罪會愈來愈重，除了異端的罪還要再加上偏執的罪。

雅各給村人們十天的時間。這是昨天發生的事。

猶達斯所言，使我驚訝，但也不敢多作懷疑。後來事實證明他所言不假。我覺得自己多少該負點責任，便去找雅各。此外，猶達斯罵我為「主之犬（Domini Canes）[19]」，也是使我下定決心去找雅各辯論的原因。另一方面，我擔憂村人，特別是皮耶魯。因為在知道雅各的這件事之前，我已經聽說很多人都在謠傳皮耶魯就是那個女巫。

……不過，我的舉動沒起什麼效用。雅各向來不太聽我說話，只是不斷發表他對女巫的看法。其論調聽起來比日前更為模糊。告別之際，他補上話說：

19 主之犬（Domini canes）：傳說聖道明在誕生之際，其母夢見腹中懷的是一隻黑白花色的狗，嘴啣松油，燃燒著足以照明全世界的亮光。此狗以愛燃火，不惜自己生命，趕走邪惡的狼，保護教會牧場裡的羊群，被引申為道明修會的象徵物，因而道明會士自稱為主之犬。

「我想您也知道，最好不要再和那個男的往來。……我並不討厭您。我會盡量避免不要把您牽扯到異端審問的事件上來。」

這話裡隱含的恐嚇意味，使我很不舒服。離開了雅各，我反而故意到皮耶魯那兒去。

皮耶魯和平常沒有兩樣，正埋頭於煉金術的作業。自從去了洞窟那天之後，這是我第一次來找他。我一邊想找個理由一邊進了屋。皮耶魯默不作聲。

我在屋內的椅子坐下來，稍稍調整呼吸。這個時候的我，事實上，並不知道自己為什麼要到這裡來。我是說想跟皮耶魯說些什麼，可是，怎麼說呢？……

我看著他。他的身影看起來和日常並無二致。關於異端嫌疑這件事，皮耶魯究竟知不知情呢？我兀自想著。如果他不知情，我斗膽來告知他此事又有什麼意義呢？……

如果知情，皮耶魯應該會放棄實驗吧？——不，這是萬萬沒有可能的。那麼，我是否應該勸他離開村子呢？既然他不過是經歷了漫長旅途而偶然在此定居下來，那麼，再度踏上旅程應該不是那麼難以決斷的事吧。……可是，我該用什麼理由勸說他呢？他若反駁我，我打算怎麼回答？也就是說，為什麼這些實驗會被認為是異端呢？……關於這些實驗，長久以來，我的確抱有異端的懷疑。此刻這種懷疑也沒有改變。那麼，我不顧自己的立場，不知不覺到這個地方來，是因為我不想讓皮耶魯成為遭人唾棄的異端？還是因為我想來拯救他？——既然如此，我畢竟還是應該告訴他。……可是，怎麼說呢？……

為了避免沉默的尷尬，我無聊地玩弄手指，假裝我正在想什麼小事情。我從大拇指開始，每數一隻就點一下頭，到了小指，歪歪頸子，再把指頭給一一扳正。接著，又走到書桌前面，隨手拿本書翻著。皮耶魯什麼也沒問。

……我一邊反覆無意義的動作，一邊想著如何開口。然而，最後我還是什麼也沒說，只開口問他是否可以借我兩三本書。皮耶魯答應了。然後，隔了片刻，他這樣說：

「我若是發生了什麼事，這裡的書就隨便你處置吧。」

□

事情發生的那一天，我什麼也沒做，只在旅舍裡讀著從皮耶魯那兒借來的書。過了中午，用過正餐後不久，有個年輕的女人來找我。她神色慌張，嘴裡胡言亂語，我讓她先坐下來，再聽她怎麼說。始終無法平靜的她，描述的好像是村子裡剛發生的事，但她只說一些牛死了、橋又怎麼了之類思緒混亂的零星話語，使我不太能夠了解。就在這時候，窗外起了騷動。我沒有起身去確定是怎麼一回事，我想，大概是村人之間又起紛爭了吧。

然而，這時女人卻變得很害怕。我問她原因。她不答，沉默著。我忽然不安起來。莫非這女人是瘋了不成？這念頭不是隨便胡想的；因為，這陣子，村子裡瘋掉的人還不少。

片刻間，喧鬧靜止了。我雖然心裡掛念，但還是沒到外頭去看。

這個過程，女人一直盯著我看。我沒辦法，只好也沉默地與她對峙著。

經過一會兒，有人在我房上敲門。是誰呢？旅舍主人。他的臉上閃著慌亂的神色。

「什麼事？」

「……雅各先生，還有，他帶的人，現在去逮捕女巫了。」我瞪大了眼。

「女巫？……然後呢？」

「是，逮捕後立刻就帶到維也納去，在那兒審判。」

我聽了這事，除了備感驚愕，同時暗想他說的應該是皮耶魯。但是，為了確定，我還是拐彎抹角地問：

「請問，你看到那個人了嗎？」

「雅各先生嗎？」

「不，我是說女巫。」

「有，看到了。

「那是，……」

「…………。」

我在這時斷定了主人說不出口的事。一定就是皮耶魯了。旅舍主人不敢在我面前說出皮耶魯的名字。因為現在我和皮耶魯的關係正被周遭臆測著。……不過，距離雅各所規定自首的期限，應該還有一些時間。既然如此，應該沒有理由侵入強加逮捕的道理。難道是皮耶魯已經認罪了嗎？認什麼罪？使村子流行疫病、使豪雨成災嗎？……真是愚蠢。

——事實上，那不過是我的杞人憂天。被逮捕的並不是皮耶魯・迪法。

□

我把旅舍主人和女人丟下，急忙往外而去，但這時雅各一行人已不見蹤影。我只好無奈回到房裡。屋裡兩人正悄悄地交談著。我對他們道歉，並詢問詳細經過。

他們所敘述的事情經緯是這樣子的。

今天一大早，村子南邊有戶農家所畜養的一頭牛被殺了。飼主似乎目擊了犯人，但又懷疑那也許是夢境。因為，犯人逃逸的速度非比尋常，且從後頭看是全裸的身影，留下來的足跡是男是女也判斷不出來。這個謠言很快在村子裡傳開，但沒人知道怎麼回事，更大多數人毋寧抱著不相信的態度。這同時，比平常早到村子的雅各，也聽說了這件事情。村人們後來四處搜索殺牛犯，但一點蹤跡也找不著。

不久，傳聞橋上出現一個形貌異樣的東西，村人們便聚集到那裏去。接下來，我所敘述的內容，是綜合後來許多人的說法而成的。出現在橋上的那東西，確實如農家飼主所說的，是全裸的。我很難描述那個東西的長相，因為村人說法互異。唯一一致的是，有人看見乳房，也有人看見了陽物。不過那到底是男是女，或膚色、容貌、身高的事項，大家的意見就不相同了。

過了一會，雅各來到橋上。他也為眼前的景象大吃一驚，一下子說不出話來。

不過，因為感覺到村人的動搖不安，他揚聲喊：

「就是這個東西，這一定就是那個給村子帶來禍害的女巫。」

人群裡漸次發出贊同的聲音。

雅各領著村人，走過去把它綁了起來。……

這就是我所知道的。

女人就是因為見到那景象，才會如此狼狽，渾身發顫地唐突跑來找我。

無論如何，既然被逮捕的並非皮耶魯，我便多少放了心。不過，這同時，使我忐忑的是，村人所描述的那個東西，雖然在形貌上有點出入，但應該就是我在洞窟內看到的雌雄同體者。

另外，使人深思的是，旅舍主人所描述的這個女巫，和雅各平常反覆掛在嘴上的女巫，竟然極度相似。旅舍主人說那雌雄同體者是棲息在森林深處，一個孤獨、能使妖術的女人。他明明沒有什麼根據，但口氣卻極為肯定，沒有任何懷疑。他還說，聽說這女巫手裡拿著掃把，不過，再看仔細些，是有著奇妙雕工的手杖。

我一邊聽一邊適時應和幾句。主人繼續說到，若將女巫予以處刑，那村人應該便可得救，並且轉向我詢問異端審判的細節。我簡單答了一些手續方面的事。主人又接著問，女巫是否會被處死。我只能說我也不知道。他和女人相互對望，沒再說什麼，嘆了口氣。——

不久，我再次擱下他們倆人，離開旅舍。首先，便去洞窟。

沿著河川進森林，我不一會兒就到了那裡，然而，洞門如已癒合的傷口般左右緊閉著。奇怪的是我當時竟然沒有察覺到這事態的怪異。我觸摸岩壁試了兩三次未果，便轉往皮耶魯的家裡去。

皮耶魯彷彿預知我將來訪，看也不看地任大門逕自敞開著。我進了房間，調整我慌亂的呼吸。我的心跳得像隻野獸。

「聽說女巫被逮捕了。」

我一邊走向皮耶魯，一邊說。

皮耶魯抬起頭來。「喔？」

「……你知道這事嗎？」

「……不知道。……」

「這麼說，你也不知道是什麼被逮捕了？」

皮耶魯只是用眼睛望著我。那是一雙比往常更冷漠、如鐵石般的眼睛。這時我心裡產生了懷疑。難道這雌雄同體者以自己的力量從石頭的束縛裡逃了出來？突破那麼牢固的石壁禁錮？還是，它是靠了什麼人的幫助才逃脫的？這村子裡，知道雌雄同體者存在的人，除了皮耶魯和我之外應無他人。那麼，既然不是我的話，就是……

——皮耶魯嗎？

我顫抖著觀望他的神色。他臉上一如往常顯現著深思、靜穆、以及看似驕傲的巨大野心。沒有丁點動搖的神色。村人正為女巫的逮捕感到高興，因為他們相信如此村子將可得到拯救。皮耶魯應該不會和他們一樣高興吧？還是他高興得很？為什麼？為了保護自己？我能斷言這絕無可能嗎？若是皮耶魯被逮捕，恐怕要遭判刑，這樣一來，他至今所有煉金術的努力將付諸流水。皮耶魯必然考慮過這一點，否則，他為什麼要對我說把書籍交給我之類的話？

是因為這個擔憂，皮耶魯・迪法才把雌雄同體者給放了嗎？讓雅各忙著逮捕雌雄同體者，而沒空來告發他？……

這些畢竟都只是我的臆測。對皮耶魯來說，雌雄同體者被逮捕，也許只是個意外的僥倖。

還是皮耶魯高興得很？

可是，在洞窟中我也確實看見了，皮耶魯對雌雄同體者的作為，雖說怪異，但也具有一種感染力。那是一種接近愛的力量。不過，就語言最廣泛的意義來說，這個愛，其中同時並存著伺奉主的尊崇之心與撫慰娼婦的卑劣感覺。若是欠缺了任何一個，使用這個字詞便有失適切。自從那一天以來，我始終受該景象所牽引，日夜念念想著，回過神來往往發現自己的思緒已被拉至理性的對岸。總而言之，那個難以界定是人是惡魔還是天使的東西，對我而言，具有非比尋常的意義。對皮耶魯來說，更是如此。

既然這樣，他應該是會為它的被逮捕而難過吧？……

但是，從皮耶魯的舉止，我什麼也判讀不出來。答案埋在深處，在他那張堅硬、冷峻的面容深底。感情這種東西，往往被深埋在體內，這實在是不可思議的矛盾。

——關於女巫，我沒再多問什麼。

我無聊打量四處。忽然間，我注意到南方窗戶照射進來的餘暉，把一張獨角獸的畫給染成了紅色。水面一片亮光，焰般的鮮紅，牠高豎的白色鬃毛，如焰火燃燒一般燦爛，彷彿畫中世界也沉浸在這片黃昏暮色之中。

我一邊望著那張圖發楞，一邊陷入空虛的思索。這時的我，有種不可思議的感覺，好似圖畫與我正分享著相同的時間。——也許，那隻獨角獸，和我一樣，從昨日到今日，從今日到明日，一步一步接近著死亡。也許，當黃昏來臨，牠將在圖中老去，然後死亡、腐敗。也或許，牠將被村人稱之為聖安東尼之火的病所侵襲，今夜即會死去。……當我下一次來到這裡，牠將半癱於水中，雙眼圓睜如失去光澤的珍珠，嘴昏懶而張，獨角徒然空虛地斜向天際。我將會為牠感到驚駭吧？當焰火滅逝，牠發黑的肉體飄出了腐臭的氣味，蒼蠅成群振翅嗡嗡而來，我會覺得眼前景象異常不堪嗎？……不過，比起獨角獸得以從時間超脫一事，牠任何一個動作的停止，都不會使我感到多麼奇怪。事實上，這畫中的獨角獸也許根本就不知老為何物吧……牠當然能夠理解衰老的理由，但大費周章去在乎衰老之於牠未免是愚蠢的吧。在我而言，這一點顯得相當不可思議，左思右想總覺得非常奇妙。暮日照紅了整個圖框，每個角落都閃爍著紅光，然而，獨角獸卻是不老的。——

耽溺於如此漫無邊際的幻想，很奇怪我的情緒竟然沒有轉壞。雖然心中依然忐忑不安，但混亂過度似乎也就漸漸麻痺了。如同失眠所帶來那種不知所以的恍惚感覺。……

我起身告辭，回到旅舍。——那一天，再沒有任何人聲稱看見巨人。

□

雌雄同體者在維也納受審的期間，我依舊停留在村子裡。手邊旅費還有一些，之前看過村人因病接二連三死亡的情狀，心底怎麼說總是有點兒害怕，但我還是選擇繼續留在村子裡。當年到底為了什麼原因留在那兒，如今想來並不理解；恐怕當時我也不見得明白箇中理由吧。雖然有時候我也會懷念巴黎，或是想想還未成行的威尼斯，但不管心中鄉愁或焦躁如何催促，都沒能使我動身離開村子。

那些日子裡，多數時間我都在閱讀皮耶魯的煉金術筆記。

那是由好幾個冊子構成的書，內容讀起來並不容易了解，文中處處可見那種以泛著巴黎大學氣味的「精練拉丁語」寫成的煉金術晦澀用語，他以堅強雄辯的口吻論述自然學諸多領域，文字獨特有力，見解堪稱透徹；事實上，我心中原有的一些疑惑，在這些文章裡得到了解答，——不過，要談整個體系的理解則還有段距離，因我只是隨意翻閱，而未依著順序從頭開始讀；自從那一天的事件以後，不管我再如何振作，總是無法集中精神，達到全心全意研究學識的狀態。

雖然自雌雄同體者被逮捕之後，就沒有人再看過巨人，然而，村子裡的氣溫仍然沒有回升，每夜依舊豪雨，疫病的蔓延也沒有平靜的跡象。此外，每天早上，仍有彩虹出現。村裡的酒場少有酒宴，只剩一堆男人聚在那兒反覆進行空虛的議論。我因邀請去過兩三次，所聽的內容幾乎都差不多。有些人認為，災害之所以尚未止息是因為雌雄同體者還活著的緣故，所以應該盡快判決，予以處刑才是。也有相對一方認為，逮捕雌雄同體者是抓錯了人，真正的女巫應該還在村子裡，因而水災與冷害才未結束；他們言下之意指的即是皮耶魯。

爭論雖難有定見，但隨著時間漸漸過去，前者的看法佔了優勢。他們認定的理由是，自雌雄同體者被捕之後，巨人就不曾再現身。

雖然我並未特別袒護其中任何一個觀點，但任憑我再怎麼說道理，也無法使他們停止爭論。我無法責難他們的愚昧，因為，死者人數愈來愈多，多到不知何時已經開始採取屍體共同埋葬的方式。如此情景不由得讓人記起黑死病的猖獗，以及那慘澹的結局。我徒然坐視一切，唯一僅僅能做的，也不過是勸說眾人空虛禱告而已。

——如此，人與人之間，愈來愈瀰漫著不安。要說在這群憔悴的村人之中，有誰是毫無變化的，在我看來，只有兩位，即是皮耶魯和約翰。皮耶魯無所不知，約翰則是一無所知。在這兩人之間來來去去的就是瓊姆，他對皮耶魯依然還是不變地忠實，但那其中似乎加入了幾分以往沒有的恥辱感。

事件過後瓊姆曾來過酒場幾次，但每次總被村人嘲笑而無法如願加入其中，悻然而歸。村人以前嘲笑他還有些顧忌，但現在可完全不在乎了，他們以殘酷的語言侮辱他，像吐口水般地嘲笑他。雖然如此，我並不同情瓊姆。因為現在糧食困難，為了度日，他常從皮耶魯那兒蒙蔽微薄食費。皮耶魯佯裝不知，默許他的作為。但這也不是瓊姆之所以沒離開皮耶魯的唯一原因，說來皮耶魯至少不像其他村人那樣苛待瓊姆；當然，那可能也談不上厚待……回想起這些，我不由得難過起來。……

那一天，是聖母升天節的前一天。自雌雄同體者被捕那日算起，過了月餘的時間。

黎明我從淺眠中醒來，整裝收過被褥便外出。

天色不知何時已亮。久未見的彩虹呈現眼前，我嘆了一口氣。泥濘腳下閃爍著妖黃的光，我四處望望，一堆腐爛的冬麥，以及被拋棄的打麥機。……

幾天前，因為審判而暫時停止司牧工作的雅各回到村裡來。村人們去歡迎他，如同歡迎預言者到來。雅各對他們說，女巫終於承認了自己的罪，應該很快就會處以火刑，處刑日雖然還未決定，但場地應該是在村子西北邊的原野上。

今天，就是那個處刑日。

從逮捕經審判到處刑，進行如此迅速令人感到奇怪。無論是依過去的紀錄，或是後來我所知道的事例，這個案子結案之快實屬特殊。很難說其中到底因為什麼原因，但村人們的執意控訴顯然加快了事件處理的速度。

自冬麥收成宣告無望以來，村人們對女巫的憎惡益發高漲。那種情緒就如同積在桌上的塵埃，不知不覺間已經成片蔓延開來了。眾人熱中捏造各種謠言，明明是沒有人知道的事，但只要有人妄談起雌雄同體者的成長，旁人便會加油添醋說其父母的傳聞，或說雌雄同體者在被捕之前就常到村子獵取家畜，也有很多人認為雌雄同體者在河水裡下了毒。

另方面，也有不少人議論雌雄同體者和皮耶魯的關係。有人說見過雌雄同體者來找皮耶魯，也有人說雌雄同體者是皮耶魯的妻子，或說情婦，或說兒子。……不過，在這麼多流言裡，我卻從不曾聽到有人說起皮耶魯進出森林的事。顯然村人們其實不了解雌雄同體者和皮耶魯的關係，不過是因為對他們各有疑念，便在謠言裡把兩者連結起來。然而，我的懷疑正是起源於皮耶魯與森林的關聯，只要村人一談起兩者謠言，我就不由得想到森林的事上去。

謠言總是不相同的，好幾個傳聞之間相互矛盾，村人絲毫不以為怪，反正一旦發現了矛盾，便立刻會有別的說法來修補。

我想起小時候聽過的一個寓言。內容是這樣子的：某地方住著一個不信神的男子。男子受惡魔唆使，相信神為了懲罰人們的信仰不堅，七天之後，將有一塊比三匹牛還大的巨岩從天上落下，經歷四十個日夜的時間，會落到地面。惡魔告訴男子：因此，從今天起，你要趕快建造一個耐得住撞擊的石頭小屋，小屋只要你一個人進得去就好；因為時間已經不夠了，而且小屋這種東西，一旦蓋大了就會變得脆弱；這四十天的食物我會每天送來。男子照惡魔所說盡快蓋好了小屋，且在屋頂上堆滿了無數石頭，連雨水滲透的縫隙都沒有。七天後，男子忐忑不安地躲在小屋裡等岩石掉落，但等呀等地岩石並沒有落下來。惡魔見到這情景，一邊暗自竊喜，一邊從地底微微晃動了地面。男子就這樣被自己堆在屋頂上的石頭壓死了。——

因為這個故事意外地富有真實性，我始終記在心裡。如今，村人們，似乎就將被築在自己頭上的妄想流言擊潰。

……雅各和雌雄同體者，以及其他數名審問官、官廳人士，還有被官廳叫來的猶達斯，這些人一起來到村子裡的時候，是中午稍過的時分。

如同之前所宣告的，處刑選在西北邊的原野進行。刑場邊有條小河，女巫燒成灰之後，會立刻被灑入河裡流走。這是為了防範其他尚未被逮捕的隱匿女巫，來收集燒過的骨灰行惡。——容我多說一句，刑場圍著位居村子中心點的橋，恰恰處在和森林裡那個洞窟相對稱的位置；這是我後來才發現的。

村人們接到通知，一窩蜂擁到刑場來，把火刑台和堆成金字塔狀的大量柴薪團團圍住。人群中可見旅舍主人，瓊姆和他的妻子也在。可以說，除了臥病者留在家裡之外，村裡的人幾乎全到齊了。

村人互打招呼，為今日的處刑高興得很。歡呼與對女巫的怨言此起彼落，沒有人發出同情之聲。女巫逮捕前存在於村人之間的各種嫌隙此刻暫告消退，各種如何細微的怒意如今都轉移到了女巫身上。村人因為共同對抗女巫而在不知覺間產生了不可思議的連帶意識，且那感情之堅固是他們自己始料未及的。

觀察過村人們的情形，我抬頭望望火刑台，再望望天空。一片雲也沒有，也沒有一絲風。雖然已是八月的季節了，但因冷害的緣故，感覺不到什麼暑氣。可能是心理作用，我隱約聽見遠處蟬鳴的聲音，再稍稍發個愣，差不多就要打呵欠了。——整片天空的感覺竟然如此悠閒。

這時，耳邊掠過前方村人的說話聲。

「喂，看那邊，……皮耶魯，……那個煉金術師皮耶魯。」

我順著他指的方向望去。在喧鬧的人牆裡，隱約看見包裹著深黑色頭巾的皮耶魯的臉。

身邊的村人點了點頭。

「嗯，沒錯，是那個皮耶魯。」

「這倒是令人吃驚呢。」

「這個怪人，總算也有擔心的事了。」

「就是啊。」

這時，另一個男人插嘴道：

「當然是這樣，因為接下來就輪到自己了嘛。」

此時，人群裡忽然起了騷動，從喧鬧聲的起端，人群分兩側岔開，讓出了一條路。

□

「……女巫！」

還來不及喘口氣，喊聲就從各個角落響起來。

兩旁跟著刑吏，雅各居後主導，他們腳下拖曳之物正被眾人粗暴地擲打。——無疑的，那就是，我在地底所看過的雌雄同體者。

我為它身上公然的拷打審問痕跡感到駭然。雌雄同體者僅在腰間纏著一縷薄衣，宛如一隻大蟲在地上爬行。好幾次它想顫抖著站起來，卻總是失敗癱倒在地。它的四肢似因脫臼顯得怪異，兩隻腳已經潰爛得連一枚指甲也不剩。頭髮全數剃光，那頂薔薇與蛇編成的棘冠也不見了。閃著暗金光澤的肌膚上，無數針孔已經化膿，未癒合的傷口皮肉外露如花瓣般露出內部的鮮紅。

說起來，那實在是一具活的屍體。我不相信雅各說的「女巫已經認罪」。這雌雄同體者一句話也不會說。在這個奇妙的生物體之中，本來就不存在什麼靈魂。這樣的東西如何能夠使用語言呢？又如何能夠懺悔呢？那只是一個肉體。因為只是肉體，所以只是以肉體的方式繼續活著。因此，存在於其上的死與生是極度親密的，本該死後才會來臨的腐爛，如今已迫不及待造訪無邪的肉體，而生也無所謂接受了它。

有名男子丟了石頭，接著，宛如事先說定的默契，村人們紛紛丟起石頭。怒罵與怨言四起。丟過一次石頭的，不過癮又接著丟了兩次三次。腳下找不到石頭的，就拔草來代替。各式各樣石頭往那塊肉體丟擲而去，散了一地，如螞蟻成群。

這時有個拳頭大的石頭，割傷了雌雄同體者的額頭。

眾人停下動作，但這絕非出於憐憫。因為在那一瞬間，抬起頭來的雌雄同體者的臉，雙眼圓睜閃著熒熒亮光。右眼是翠玉般的綠色，左眼是如紅玉的朱紅色。村人們被這異樣的情景嚇住了，動也不動地呆站著。

我雖然沒有丟石頭，但是，在那一瞬間，我所感受到的恐懼，和村人並無二致。那樣的眼睛，我也是第一次看見，它們泛著一種彷彿由某種堅硬物質所磨練而成的寶石般的光。同時，如同純粹的寶石其中不容納任何物質，雌雄同體者的雙眸裡，沒有映照任何東西，也沒有容納任何東西，它不可思議地拒絕認識任何東西，而只是被任何東西所認識。人們對此感到恐懼。說起來，對村人們所丟擲的上百個石頭，雌雄同體者僅僅只回報給他們這一眼，然而，這一眼就射穿了村人的眼眸，直抵深處，如箭矢一般刺進了肉體深處而發痛起來，這痛感和人們內心的苦痛結合，彷彿遠古以前就以宿命注定如此的痛。那樣的苦痛，和原罪的痛是接近的。他們原不該與女巫對峙，因為並非女巫給他們帶來痛苦，而是，痛苦甦醒了。

我也未能免於那樣的痛苦。然則，真正使我感到絕望的，毋寧是接下來的瞬間。

那時候，從雌雄同體者醜陋的肉體，飄散出一陣芬芳的香氣。

清香瀰漫人群，那是一種花香也無法與之比擬的高雅與優柔，令人懷念的氣味。

人們因此迷亂，放下了手中的石頭。那般的清香，唯有聖女能與之相比。

我在這一瞬間，想起了聖李德薇娜（Saint Lydwina）的傳說[20]。據說她被蟲所腐蝕的肉體，飄出芳香，且連發膿的膿汁、嘔吐物甚至糞便，都散發出香氣。聖李德薇娜是否真為聖女，我並不知道。但是，當我漸漸見識了諸多不可言說之事，我想，倘若在主的獨生子之外仍有以自身之肉體為我們贖罪的事物存在，那麼，也許這具雌雄同體者的腐爛肉體，正彰顯著我們的罪惡之深？彰顯著那些我們最不願正視、最難以承受的罪？——我不禁這樣懷疑起來。

芳香繼續擴散。從方才一直觀察著村人的雅各，在這時變了臉色。他以顫抖的聲音，命令刑吏盡快把女巫綁上刑架。

好幾個人爬上火刑柱旁的梯子。火刑柱是由森林裡砍來的，黃色樹幹上有七個如野獸眼睛一般大的渦孔，頂端刻了一個十字架。樹幹很高，直挺挺地指向天

20 中世紀聖女傳說之一：李德薇娜（Saint Lydwina）年幼即骨瘦如柴，嬉戲時被同伴絆倒導致肢體麻痺，身體長滿膿與蛆蟲，而後患麥角性壞疽失去右手、鼻子、嘴巴、全身長滿血膿，血液從傷口流出，此外，亦飽受激烈頭痛所擾，換言之，李德薇娜幾乎得到全世界上的疾病，然而，神使奇蹟出現在她身上，其傷口與膿包竟然散發肉桂香味，且天使、基督、瑪利亞經常來訪問她。最後她死於甜蜜的恍惚境界當中。

空。我在這被砍伐的樹柱上，感到一股不可思議的生命力。那股生命力，與即將在此被謀殺的雌雄同體者相反，似乎是一種能夠越過死亡交叉點，而在死後繼續存在的物質。

戴著鐵鍊的雌雄同體者，面向東被綁上火柱。

柴薪被堆高到它的腳邊。

——執行的準備工作差不多完成了。

雅各進入人群布教。結束之前，它要求村人共同起誓同心協力放逐異端，眾人集道「阿門」。

接著，雅各開始宣讀判決文。布教和這個步驟，本來應該在女巫綁上刑架之前進行，但雅各看到村人因香氣瀰漫而潰散，便更改了順序。不過，到底是雅各搞錯了順序，還是真的因上述原因而更動，也很難說。無論如何，面對綁上刑架的女巫，村人們從混亂中又再度想起女巫的罪惡，他們的臉上回復了憎恨的神色。

對異端的判決如下：

「針對在當地施弄巫術以至於造成各種災厄而被起訴的被告，根據村人的指證、證據，以及詳細閱讀被告本人自白之後，達成共識，裁判如下：被告褻瀆作為唯一創造主的神，否定教會，踐踏《聖經》，奉愚昧的異教神靈指示而與惡魔簽訂淫亂契約。」

接著，雅各一一宣讀了女巫與惡魔簽訂契約的儀式，造成家畜死亡、疾病蔓延等妖術手法，以及引來驟雨的種種巫術。同時，他也不忌諱地批評獸姦之罪，以及女巫在夢魔中與男性交配等事。

漸漸地，雅各朗讀的口吻愈來愈為激動，村人受此煽動，情緒也跟著激昂起來。

「……這個理應受憎恨，也應受哀憫的荒謬大罪，絕對是對我們全能的唯一真神的侮蔑。……吾人以主耶穌聖母瑪利亞之聖名，加以判決並在此鄭重宣告，被告是真正的背教徒，獸姦者，取人性命的施魔者，膜拜惡魔的瀆神者，同時也是破壞創造主所創造之世界秩序的女巫。基於以上幾點，吾人代表國家權力執行判決。執行者應在被告生時對之處以火刑，吾人深信以主的慈悲，必會對其做出寬大處分。」

判決一下令，人群歡鬧轟然。一定要活生生地對女巫處以火刑的念頭，在眾人心中像滾水般沸騰冒泡。

村人們的期待，容不得一點障礙延遲。雌雄同體者早已綁在架上，只等待點火的許可。

命令一下，幾個刑吏從四方點燃了火。

□

……捲成幾條細線的煙，沿著草繩，靜靜往上飄昇。沒有風。天空澄淨，只有煙影搖晃飄向遠方。太陽很高，人們的影子，像從身體不經意漏出來似地，在腳下縮成一小點。寂靜慢慢擴散，語言如燕子忽然間全從人們的唇邊飛走了，沒有聲音，連一點咳聲都沒有。沉默愈趨冰冷堅固，沿著人群，在火刑柱四周緊緊築成了一道牆。

這牆彷彿經過測量似的圍成一個準確的圓。人們聚在這無形的圓周邊，不敢向內跨一步，但也沒有往後退。幾經折衝，圓內的領域形成完全不得侵犯的空間。

漸漸地，開始出現柴薪燒裂的聲音，接著，樹液沸騰的聲音也響起來。煙量增多。編繩一節一節往上鬆開。雌雄同體者所散發出來的香氣，和木材燒過的味道結合，成為一種不可思議的淫沛香味，瀰漫四周，有點像蘋果燒焦的味道。柴薪底部燒成了鮮紅色，零星的火苗在柴火之間如鼠亂竄。

人們屏住氣息。柴堆裡因為混雜一些不夠乾燥的木柴，整個燃燒起來恐怕要費點功夫。白晝正中，焰火危薄，煙霧發散出來的熱度像一層水似的面紗，熱騰騰地把四周的影像都弄歪斜了。沒有人敢說話。只是默默看著。彷彿眾人注視的眼神，可以使柴火燒得更加熾熱。

猶達斯的一聲乾咳，打亂了這片沉默。我看了他一眼；帶醉的眼睛紅睜睜的，微抖的唇邊還淌著口水。他不僅和其他村人一樣看著受刑者，且其眼神甚至比村人們還來得熱切。他的右邊站著雅各和刑吏，左邊，則是往常那三個女人。

過了一會，刑架下的狀況變得有些不同。樹液燃燒的劈啪聲漸漸停歇，轉而冒出大量和方才不同顏色的濁黑色濃煙。每當細風微微吹過，柴堆便燒得鮮紅，悶在柴堆內部燒不出來的火苗，像個受困的生物，不時把手伸出來探看，但總撞上堆在外頭的柴塊，只好無奈地退縮回去，這一進一退，留下了好幾條不祥的燒痕。忽然，這時間，火苗像鬧瘋癲似地，燒飛了兩三枝細柴，隨而壯大成旺盛的焰火。原本已經止歇的柴薪燒裂聲再次響得熱烈，像一陣突來的驟雨，落在地面劈哩啪啦不絕於耳。周邊地上且丟了好些柴堆燒破之際紛飛出來的零星細木。

刑架焚燒所散發的高溫，像一鍋熱湯倒進人群，熱氣自每個人腳下漸漸升起。雌雄同體者垂著頭，只有身體微微顫動，沒有發出聲音，神色也沒有什麼改變。熱氣既已燒到我們身邊，它理應感覺到燙才是。村人們紛紛冒了滿頭的汗。——都已經是這樣了，為什麼雌雄同體者竟不感覺痛苦呢？是因為受盡嚴苛拷問而感覺麻痺了嗎？抑或它根本不知痛苦為何物？——

村人們也似乎疑惑著這件事，頻頻交頭接耳眉頭緊蹙，原本的靜寂已經打破，好些人開始談起話來。這時，雅各態度嚴苛地把刑吏叫到身邊，下達了什麼命令。刑吏臉上露出一種否定的神色，滿臉困惑似乎不太了解命令的內容。

如此四處觀望的時候，我意外看到了皮耶魯。因為裹著頭巾，看不清楚他的臉色，偶爾閃過的幾次側臉，也一如往常看不出什麼情緒的痕跡。他一身長外套獨自站在遠離村人騷鬧之處，默默看著行刑的景象。……

人心愈趨浮躁。人們的臉、身體，或四肢，毫無理由地騷動起來，呈現種種奇怪矯情的姿態。他們滿心只盼望女巫的死亡，盼其死得徹底，但偏偏又對這件事完全幫不上忙，不由得充滿了不安。在場每一個人第一眼看到這個女巫的時候，心中必然知道它絕非尋常的生物，但儘管如此，人們還是大膽將之斷言為女巫；不，應該說，人們正是因為知道了這生物非比尋常，所以才趕緊將之定為女巫。當女巫被送進刑場，人們看著它，心中又浮現了原有的疑慮，此刻看它在刑架上的情狀，更忍不住感到困惑了。

火逐漸燒近了受刑者的腳。火苗不知什麼時候已經竄出了柴堆，整堆柴燒得紅茸茸地好像裹著一團豔紅毛毯。煙轉濃了。火花四處漫升。柴堆裡的炭已經燒透翻白，但火勢並未減緩，反倒燒得更為熾烈。

——這時候，雌雄同體者的身體忽然一陣劇烈痙攣。村人們瞪大了眼，看雌雄同體者腰際上的衣物，因晃動而掉了下來，其陽物因而暴露在刑架之上。

差不多就是這個時候，有人尖叫：

「太陽！」

眾人齊抬頭望向天空，這時才發覺異樣。剛才還無事照耀的太陽，此刻正慢慢地被黑影所侵蝕。但那並不是雲，而是和太陽幾乎同形的黑影；此刻已是一顆黑的太陽。——是日蝕。

村人臉上即時浮現恐懼神色。對他們來說，這是妖怪的影子。地上這邊的火，此刻發出像雷鳴般的聲響，焰火高騰，雌雄同體者全身已被火吞沒。火光閃閃飛舞，煙霧四處瀰漫。我不由得低下了頭。熱氣四溢，如浪一般燒得人們避開刑架往後退，圍觀圈子因而變大了些，我也跟著退了兩三步，才有辦法再抬起頭來看。焰火稍告平靜，此時雌雄同體者焦黑的肉體已開始在刑架上激烈掙扎。它的皮膚已換成了金屬般的黑，其中還帶著點豔麗。人群再度沸騰。火焰如同一顆熟透了的石榴果，紅通通地，其中飽滿的脹力擋也擋不住往外燒裂開來。光線昏暗，但那迸出鮮血般的紅火，倒是清楚可見。

太陽持續被侵蝕著，天空顫動似有黑暗的預感。北風開始吹來，南邊也一樣起了風，兩風會合於刑架，煙霧騰騰蔓生而上。

火燒得更熾烈了。

終於，火完全吞滅了受刑者。肉體顫抖地燃燒著。然而，那種痛苦似乎不在控訴那憤怒的火焰，也不緣由那極端的熾熱，毋寧是預告著什麼超越性的契機，彷彿一種朝向天空，朝向遠方的指示。

雌雄同體者忽然抬起了頭，雙眸凝望天空。頸間血脈賁張，好像一條蛇從頭部爬過額頭又滑下頸間，留下了一路的血痕。

刑架震動。受刑者臉上閃耀昇華之象，焚燒的肉體散發出炫目光彩。

聲響轟隆。接著，其陽物勃然揚起，開始一陣獨特矯情的痙攣。

那時間，好似受了誰的召喚，眾人均抬頭仰望天空。——當時的光景，只能以夢魘來形容。村人因為西邊天空乍然出現怪物而狂噪起來，那，是巨人的影像。

我懷疑我所見到的。如同傳說所描述，巨人呈現男女兩性形體，兩者如獸從背後交合，一側沉進天際暗處，一側又模糊浮出微光的天空。那是一種難以衡量言說的巨大之物。男身汗意淋漓，如波濤幾度猛烈撞擊，相對女身則含納了他。那種撞動，幾乎難為天空所能承受。雲朵被摧毀了，山野也打響了。這些聲響我都不是藉由耳朵所聽見，因其聲響毋寧是自肉體深處的絕暗深淵所發出的。人心已大受衝擊，可是巨人依舊持續著一次又一次、令人難堪的重擊。

第三次了，雷般轟聲再度響起。

那根肉槌像是要把彼此聯繫的完整性予以搗壞似地，愈加激烈深入。也許正是為了想要在肉體上彼此結合，反而不得不將肉體本身予以突破；陽物真實地貼近肉體，接而貫穿肉體，抵達了肉體的彼岸。

村人漸生錯亂。有人已經失神，也有人頻頻畫十字。此外，也有人叫嚷著要中止處刑。猶達斯抖得激動，唇邊滿是口水。他身邊的三個女人，這時已經各自撕破了上衣，一邊捶打自己裸露的乳房，一邊披頭散髮搖頭晃腦。太陽看似就要沒入月影之中。黑暗裡閃閃發光的焰火，此時滿心想要焚滅受刑者般地，愈燒愈烈。

呆立的我這時看見一個人影穿過人牆走到圓內。仔細一認，是約翰。打從我來到這村子開始，這是約翰第一次跳下鞦韆，實際站在地上。我看著他感到十分驚訝，甚而有些感動。因為在這一瞬間，這少年的臉上，浮現出有意義的神情。好像他想要做什麼，想要達成什麼目的。他總算結束了所有空虛的遊戲，他的運動找出了一個方向。箭，總算要射出了。……我帶著這份感動看著他，這感動斷然不是因為慈愛而來，而是，這樣說吧，我在他的影像中感覺到了救贖。

——然而，當我正這樣想的時候，一陣莫名的狂笑，忽然從約翰陰鬱而無表情的臉上，尖銳地迸了出來。

雌雄同體者取代了那顆已經消失的太陽，散發出燦爛光芒，使人們感到暈眩。其光源既往外發散，同時也往內收斂。在這具充滿矛盾的肉體之中，各不相容的質素相互對峙，卻又不損其一絲一毫，緊緊連成一體。這肉體既緊繃，又有那瞬間的爽快，昂然陽物劇烈痙攣，看起來就像一隻想要振翅高飛卻被拘禁不得自由的鷙鳥。

接著，太陽終於與月亮疊成一體。那瞬間，陽物飽漲精液朝空射出，不對陰戶，而朝天空放射出去，其涓滴映著鮮紅的火光，在眾人與雌雄同體者之間反射成一道輝煌的彩虹。精液還在淌溢，肉體並未因而疲乏，白濁精液沿陽物落下，左右流進陰囊內側，抵達陰戶相合而流入內部。

我凝視火焰彼端這具肉體。凝視這令人懷念的肉體。我們每一個人都各自穿越了騰騰的熱氣，從每個方向凝視這具肉體。聞見了瀰漫四處的氣味，聽見燒不盡的聲響。瘋狂地愛撫吧。我想要回歸到那裡去。不知什麼時候，熱氣開始侵襲我，我感覺到自己正在觀看也被觀看著，感覺自己身上正在散發氣味，肌膚劈哩啪啦地燃燒起來。肉體綻裂，又再一次結合。我正被處以火刑。在痛苦中喘息，在快樂中陶醉。我是個僧侶，也是個異端。我是男，我是女。我是雌雄同體者，雌雄同體者就是我。猩紅光芒滿天。火柱燒抵天際。亮光遍照世界，顯現了所有超越質料的形相，證明了物質的真確存有。此時世界多麼美麗，多麼深具活力深具光彩！所有該發生的變動都在這瞬間發生吧，讓過去的變動都在這瞬間無盡地反覆。這片渾沌之象讓人感覺到永恆，也讓人感覺懷古。靈魂愈是離開了肉體，就愈進入肉體之深處。我的靈魂與肉體一起昇天，肉體與靈魂一起降落地獄。肉體與靈魂燒熔合一。我眼中的世界渾然為一，且我抵達了那裡。世界與我如此親近。我擁抱世界，世界也包容我。內界與外界連成一體，成了同一片海洋。即便失去了世界還有我，即便失去了我還有世界，倘若兩個都同時失去了，就是兩個都存在了。唯一的存在！……那麼，我就真正抵達了。……抵達什麼？……抵達

光。…………炫目的巨大的，這片光………………………從遙遠彼方發散發出

來，那裡是這炫目之光的 源 頭 之 處 ……………………………光，

……………………………就 是 ，……………………………

…………………………………………………………………………

…………………………………………………………………………

…………………………………………………………………………

…………………………………………………………………………

……

□

……不知道到底經過了多久。

回過神來，雌雄同體者的身影已自刑架上消失，巨人的幻影也消失了，太陽一如尋常渾圓，燦然懸掛在天際。

村人都是一副茫然若失的姿態。也有些人還沒回過神來。即使連雅各及其隨從，也只是張大了嘴看著燒空的刑架。

還有猶達斯，正趴在地上吐個不停。

約翰已經不見蹤影。再怎麼找遍四處，也沒看見他。我不由得懷疑或許約翰剛才根本就不在這裡。殘存在錯亂記憶裡的暗影，朦朧得就像一場夢。……那個少年，難道是從天上掉下來專門來這兒看處刑的？難道他那啞巴的嘴裡曾說出了什麼嗎？……我實在不能再想了。

漸漸恢復意識的村人們，走投無路，以求救的神情看著雅各。

雅各清醒過來：

「把刑架台下面找一找。……可能是鎖開了，要不也有可能掉到地上去了。……就算是女巫的一塊肉，不，就算只是一根頭髮，都不可以遺漏。……」

幾個刑吏聽令靠近還在燃燒的柴堆。

「……沒有。只有灰燼。」

刑吏退下，雅各自己來翻找那些灰燼。這時，從群眾之間，踉蹌走出一個男子，靠近刑架。村人只是呆望著他。男子兩膝落地，直接以手撥弄灰燼，好像找到了什麼東西。那是一塊呈鮮紅色澤，其所散發的光是這世間稀有且不可思議的；那是一塊金塊。人牆又起了騷動。那金塊像一塊剛剛琢磨完成的美璧，雖然剛從灰燼中取出，但一點也沒有沾染灰塵。男子手握金塊，正要將之收入懷中的時候，雅各以嚴厲音調制止了他。而後，他下令：

「把這傢伙逮捕起來！這傢伙早就已經被村裡的人告發了。……現在，大家都親眼看見他的行為了。這傢伙想把女巫的灰帶回去，打算使那種煉金的邪術。這將破壞神所創造的秩序，將給村子引來災厄。……還在發什麼愣，快用繩子把他綁起來！」

男子被粗魯地從背後綁住雙手，拖到雅各面前。他沒有掙扎。臉上一片憔悴。村人們仍騷動著。雅各掀開男人的頭巾，確認他的容貌。接著，把他握在右手裡的奇妙物質拿起來，使勁在掌心捏得粉碎。

「不過就是灰燼，……灰燼，……」

閃爍的金粉從雅各指縫間零零落落掉下，他命令刑吏把這些碎粉和灰燼一起丟入河川流走。蹲著的猶達斯這時忽然站起來，要求讓他來處理灰燼。可是，雅各不同意。在確認過刑吏的處理步驟之後，雅各帶著那個睥睨周遭不發一語的男子離開了刑場。

這不過是片刻間的事。我只能站在村人身後，靜靜地看著這一切，同時，期待著那個男子會再一次回到這裡。

……但是，期待畢竟落空了。

那個男子，就是煉金術師，皮耶魯·迪法，他終究頭也不回地，從我眼前消失了。

□

那一天的黃昏，沒有下雨。

□

翌日，我離開了村子。

提起這件事，我是因為聽從雅各的忠告才這樣作的。皮耶魯被逮捕，雅各私下來和我見面，說道：我希望您能明天就離開這個村子。皮耶魯．迪法已被視為女巫來審判，以您與他的關係來推斷，想必會有所連累。雖然我並不懷疑您的信仰，但說不定會有哪個村人會告發您。我不希望您受到裁判。既然您原來的目的地是威尼斯，那麼，也沒有必要久留此地。如何，您就聽我的話吧。——我答應了他。

再度踏上旅途的我，沒有盡任何努力為皮耶魯洗刷冤情。沒有出席法庭解開這一團迷惑，也沒有私下請求雅各從輕處分。唯一記得的只是皮耶魯說過的話，我帶著他家中的藏書，以迅雷般的速度離開了村子。

……洗刷冤情，我剛說了這樣的話，然而，這是我能做的事嗎？

關於皮耶魯所做的事到底是不是異端，停留村子的這段期間，我畢竟沒能做出結論。如果村人們只是認為皮耶魯使妖術造成疫病蔓延，豪雨成災，那麼，我還有能力駁斥；因為此種行徑本來就不是被造物所能做到的。可是，至於煉金術本身到底是不是異端，是否對神有所冒昧以至於激怒了神降下各種災厄以為懲罰，我就難以回答了。即便到了今天，我依然無法斷言。——話雖如此，當年我離開村子的時候，心裡畢竟還沒有產生這些迷惑或苦惱；我開始思索這些的時候，已經是很久很久之後的事了。

當年，我心中只想盡快離開村子，祕密地、毫無告別地離開。雅各所說的話適時促成了我的動身。

為什麼我想盡快離開呢？——我不得不自問。是因為己身的怯懦？還是我不相信異端審判？或者，我想盡快前往威尼斯？我對皮耶魯的矛盾情感？或是，當時的我已經完全被疲憊擊垮？……我難以判斷出真正的原因，但，恐怕每個原因也都是部分的真實吧。年歲愈長，我愈無法單純樂觀地相信人之所作所為會是因為哪個單一的原因所致。一個結果的生成，其過程遠比我們所想的更加渾沌、微妙，許多時候，我們所找出來的原因，不過是從那個過程所切取下來的一個碎片，當然，其大其小是有所差別的。……

我再度踏上旅途，無事抵達了威尼斯。在當地，我讀到了尚未付梓的，費奇諾所翻譯的柏拉圖全集的部分草稿，以及關於畢達哥拉斯的評論，還有《赫梅爾文獻》和《加爾底亞人的神託》（*The Chaldean Oracles*）等幾部傳聞中的重要文獻，此外，我也得以和費奇諾本人以及學院人士會面。

我十分感興趣地聆聽關於柏拉圖以及其他異端哲學家的學說，此外，也接觸到了幾年後來巴黎訪問的米蘭多拉（Picodella Mirandola）[21]的驚人主張。然而，在這些人的論點裡，沒有誰像皮耶魯給我的衝擊那般深刻。

歸程我不再隻身一人，我用剩下的旅費雇了兩個隨僕，讓他們背負那些重量文獻。我們在威尼斯過冬，翌年春天回到巴黎。

大學方面幸好還保留著我的籍位。

21 米蘭多拉：義大利文藝復興時代人文主義學者，與Marsilio Ficino思想相近。

□

從巴黎歸來幾個月後，一千四百八十三年八月三十日，當時的法蘭西國王路易十一駕崩了。享年六十歲。不久，翌年一千四百八十四年的八月十二日，當時教宗西斯篤四世（Sixtus IV）亦逝，享年七十歲。疏於世事的我，之所以清楚記得這兩個人的去世時間，是因為當年的我把這兩件事視為自己前半生的一種告別。即使到了今天，我還是忍不住會將這兩位人物的接踵而逝和自身際遇放在一起聯想。如此溺想原本並非我所偏好，然而，在那段旅程之中，我的內在或許起了些本質的變化。我難以描述這一切。真要說明的話，也只能說，因為那段旅程，我得以碰觸到了隱藏在信仰本身極深底處的一些物事，那些體驗因而在我內心打開了一條指向神的遙遠道路。

現在，我在一個地方的小教堂，擔任主任司祭的工作。

結束了巴黎的研究生活，一千五百零九年，應希梅茲．希斯內努斯（Jiménez de Cisneros）之邀，我前往西班牙亞爾加羅大學任教。在那裡，差不多有十年的時間，我講授多瑪斯主義，同時也協助聖者原典的編纂工作。……回頭想來，我在那兒的收穫只有兩項；一個微小的幸福，以及，一個巨大的失望。——不，後者應該也是微小的吧。所謂幸福，指的是當我身為客座教員，得以擁有許多自由時間，因而能夠完成不少學術著作。所謂失望則在於了悟由於時代的不幸，我以為把自己安置在這樣的環境中能夠找出什麼未來的希望，這實在是愚蠢的念頭。對我來說，亞爾加羅的生活和我在巴黎所過的日子並沒有什麼不同。直到幾年前，差不多是我開始對亞爾加羅的傳教政策感到厭惡的時候，碰上希梅內斯去世，我便藉這個機會，帶著幾本自己的著作，回到故鄉，獲得了現在的司祭之職。——

幾天前，因為處理某些事務前往羅馬的途中，我和隨從投宿維也納，並在當地過了幾天。

當地所遇人士異口同聲批評幾年來異端審判的惡質化，並對之感到悲哀。我一邊聽他們說，一邊從他們列舉的審問官名字之中，意外聽到了一個男性審問官的名字：雅各．米卡艾利司。之後我去修道院拜訪他。與其說要與他久別小敘，毋寧是我想向他打聽皮耶魯．迪法後來的境遇。

雅各容貌改變許多，幾乎使我認不出來。自我離開村子之後，有三十年以上時間不曾再見過他，所以認不出來也不是多麼不可思議的事，但是，雅各那張憔悴的容貌上所顯現的可不只是衰老與醜陋，那昔日炯炯有神的雙眸失去了光澤，只剩眼窩下方斜插著一道暗鬱的陰影，恰似一把用舊的劍，因鋒刃接觸死亡不知凡幾以致沾滿油脂，染遍了整個眼窩周遭。

雅各沒認出我，且連村子的事，當年處刑女巫的事，以及皮耶魯．迪法，他都說不記得了。我覺得他在撒謊。因為當他聽到皮耶魯．迪法這個名字的時候，臉色曾微微一變，瞬間說不出來。

不過，他態度很堅定。我把同樣的事情又問了一遍，他的回答還是一樣。——我只好無可奈何地離開了修道院。

那一日的奇遇還不止於此。

離開修道院後，我在巷弄間慢慢走著，隱約覺得背後好似有人在喊我。回頭一看，一名男子自彼端喘氣邁步向我跑來。那是，打鐵人瓊姆。我心裡納悶著這莫非也是一次偶然的再會，但事情很快就接著明朗化了。

瓊姆還是和以前一樣饒舌，再見我他顯得很高興，朝我再三喊道：「您變大人物了。」我隨意點頭應答，轉個話題問他，修道院那個雅各．米卡艾力斯是不是就是以前來村子司牧的那個人。瓊姆答得很快：「是啊，就是這樣子。您已經見過他了嗎？」

「沒，」我說了謊。接著，我問他知不知道有關於皮耶魯的事。對此，瓊姆多嘴地答道：

「尼古拉先生，您還記得那個冒牌煉金術師呀。那傢伙早在獄中死去了。好像是雅各先生調查中途的事吧。真是的，尼古拉先生您也知道，村子裡因為那傢伙搞得雞飛狗跳的。……既然到今天了，我就老實說吧，去控訴檢舉那傢伙是女巫的人就是我呀。因為他所犯的罪行我最清楚了。幸好有雅各先生承辦了這個案子，那之後，我就離開那陰沉沉的村子，到這街坊來經營打鐵過日子。不管怎麼說，都是托雅各先生的福呀。……」

——「原來如此。」我只能這樣回答。瓊姆接著邀請我到他家一起吃餐飯。我想辦法婉拒了邀請，神思恍惚地自這個男子面前轉身離開。

走了幾部，我怎地想起約翰。當我才想問點什麼而回頭去望的時候，人群中已經沒了瓊姆的身影。……

□

——接連下了三天的雨，今天早上稍微有點歇勢，久未露面的太陽，在東邊天空，如花朵般靜靜綻放光彩。從窗子射進來的光映照在桌面上，又潛入橫擺的玻璃墊下，如同一枚硬幣大小的水銀散發使人炫目的光芒。

最近，我開始試著操作煉金術。打開久未接觸的皮耶魯的書，細細翻閱，依照他的程序每天反覆進行作業。這麼多年，對自然學，特別是關於煉金術，我早已不過問，如今使我重新接觸這些東西的契機，說來也許是那一天巧遇瓊姆，確認皮耶魯已死的緣故。到目前為止，我尚未完成黑化的過程，難說會有什麼確切結果，但我預感應該會有所獲。

皮耶魯曾經反覆提過，煉金術歸底來說畢竟是一種作業，就算讀破萬卷書，若不實際操作物質，仍將一無所獲。這是皮耶魯自身的信條，也是他對我的忠告。這話的意思，我今天總算漸漸瞭解了。

的確，從物質的操作，我學到許多文獻之外的東西，且這時間尚不滿一個月，想必我所學到的只是大量知識的些微而已。對我而言，整個煉金術的作業過程，最具意義之處在於其中存在一種不可思議的充實感覺。碰觸那一撮微粒物質，讓我有一種已經碰觸到這被造世間的的渾沌物質，也就是說，碰觸到世界本身的恍惚錯覺。這是一種難以說明的錯覺。當一個人獨自站在廣大草原上，眺望眼前無垠的縹緲大海，或許會萌生類似的感覺，但在那個瞬間，人所碰觸的只是這世界的一個斷面；不，即便在那個瞬間，人也許仍然無法碰觸到世界。然而，當我關在這暗光狹小的房間進行作業之際，一瞬間一瞬間，我有一種奇妙的感覺，確信自己可以直接碰觸到這世界的渾沌。

先人之所以迷戀煉金術，或許就是受這感覺所驅使吧。至少，回頭想想，我在皮耶魯和煉金術之間所體會到的那種親近感，應該就是這種感覺的表現吧。

在我人生當中，若說體驗與上述接近、甚至更為激烈的感覺，只曾有過一次經驗，即是，當年女巫火刑之時。

直到今日，在我心裡，仍然閃爍著那瞬間的光，那難以形容的炫光仍輝煌地映照著。不過，不知從何開始，在那個巨大鮮烈、足以吞納萬物的光芒之中，我漸漸辨識出一個微小的暗點，像是金屬面生了丁點鏽痕，而光芒就以那丁點為核心開始運動，趨近旋復遠離，奇妙地如泉水一般永遠湧出水來，永遠不會枯竭。

在泉水浸透之彼端，我眼見一個輝煌的世界幻影，一個以肉體與物質築成、與我們無比親近、且確實存在於現實的世界。

我們之所以沒有把當年那瞬間的光芒看成是靈魂悔悟改信基督的光芒，絕不只是因為我們未能聽見主的聲音，而是比起諸多否定的證據，我們實在找不到任何一個證據來證明那光是主所顯現的。

即使如此，我們基督徒總是會活在某一種預感裡，也因此，當我們有意無意反芻那些幻影時，總會忍不住想在日常生活之中尋找些什麼奇蹟的印記。

——然而，我們卻總是很快就放棄了……

那一天，莫非有任何人，在被處火刑的雌雄同體者身上，見到了被釘於十字架的基督身影嗎？有人因為丟了石頭，眼前出現哥耳哥達（Golgotha）[22]的幻景，而忽然萌生悔悟之心嗎？有人在那個從不祥森林採伐而來的刑架上看見十字架的光輝？有人見到那吞沒受刑者的火焰，下達地獄，淨化了亞當的罪嗎？……這些畢竟都是虛無的追問，要不，也是不該有的想法。某一段時間，我曾疑惑，那雌雄同體者身上顯現的莫非是基督嗎？這是我斗膽寫出這些的原因。……那些疑惑究竟在我的怯懦中被捨棄了，只留下不可瞭解的生物的影像。……

雌雄同體者到底是什麼呢？——以自身有限的體驗與敘述，或許不能找出什麼答案，但我一直希望能說出什麼。然而，最終我還是沒有描繪出一個具有

---

22 哥耳哥達（Golgotha）：基督被釘十字架的地方，意為「髑髏」。

一致性的雌雄同體者的形象。倘若我有更強烈的意圖來描寫這一切，或許多少會有所成過，但我並不想那樣做，那樣的努力畢竟也是虛無的。關於雌雄同體者，至今為止，我所盡力描述的只是我那時時相互矛盾的個人印象，除此之外，別無其他。

那麼，以下就允許我的臆想吧。在即將焚滅的那一瞬間，我真切感到自己與雌雄同體者合成一體，再往前想，那感受並非只在那一瞬間出現。在洞窟看到它的第一眼，以及，它被帶入刑場之際，以及，那赤裸陽物昂然指向天際氣喘吁吁的那些瞬間，我都和雌雄同體者合成了一體。……

因為，那雌雄同體者，也許，就是我自己。

……擱筆之際，窗外光線正灑落在桌腳的書堆上，那是一些關於此刻北部由亞威農會士所釀起的異端運動的報告。

我嘆了一口氣，眺望窗外。雨後的大地，旭日燦爛，令人目眩。

——有鳥獸在鳴叫。

抬眼望向遠方，天空赫然出現燦爛彩虹。

【原版導讀】

三島由紀夫再世?——平野啓一郎印象

鹿玉

根據日本甚具公信力的讀者情報誌《達芬奇》，日本讀書界二〇〇〇年十大明星書單，包含了本地讀者熟知的乙武洋匡《五體不滿足》，天童荒太《永遠的仔》，村上春樹《人造衛星情人》，以及平野啓一郎的《日蝕》；十大文學界新聞，首要為柳美里作品影射訴訟案，次之是文壇大老江藤淳自殺，第三則是平野啓一郎以《日蝕》獲芥川獎。

平野啓一郎，一個陌生而普通的名字，連著入圍兩項名單，實非常見之事。箇中關鍵原因莫過於《日蝕》面世之驚奇，以及平野啓一郎的年紀。《日蝕》一九九八年一月初刊《新潮》雜誌，彼時平野年方二十三，還在京都大學法學部唸書。因此，當一九九九年春，第一二〇回芥川賞名單公布《日蝕》獲獎之際，平野打破了一九七六年村上龍以二十四歲拿下芥川獎的最年少紀錄。他的學生身分獲獎，也使他得以與芥川賞創辦至今寥寥五位學生受獎人，如當代政治明星石原慎太郎、諾貝爾獎得主大江健三郎等人相提並論。

再談所謂面世之驚奇。當平野啓一郎把長達兩百多頁原稿的《日蝕》投寄給日本文學界最重要刊物《新潮》的時候，他絕對是個沒沒無名的新人，沒有任何文學界背景。但《新潮》總編輯前田速夫在看過稿子之後，不僅決定刊登《日蝕》，且打破用稿慣例，給予最搶眼的卷頭位置。這一篇用語艱澀、題材怪異的作品就這樣登場於日本讀書界，前田速夫更不客氣地為平野加上了「三島由紀夫再世」的按語。

姑且不論後來的芥川賞，是不是進一步證明了前田速夫的慧眼獨具，但一句「三島由紀夫再世」委實令日本讀書界大為激動。贈獎典禮上，人們見到了這位年少的芥川賞得主，一頭染得過火的金髮，耳環，香水，時下內向作酷的態度，簡短到讓人覺得不甚禮貌的致詞，種種不合慣例的舉止，強化了他與三島由紀夫、或歌壇早夭樂手尾崎豐等悲劇才子之間的印象關聯。這些類比在使平野及其獲獎成為話題，拜此之賜，《日蝕》迅速暢銷，韓文版、法文版也都陸續出版。

翻開《日蝕》作品本身，十五世紀中葉，一名年輕神學僧尼古拉，為尋求傳說中關於占星術、魔術和煉金術的古老抄本，徒步行旅，在途中結識一位神祕的煉金術師，與之對話往來……。這樣一個以西方中古世紀宗教秩序崩壞時代為背景的故事，不僅與作者平野的時髦印象大為衝突，且論理往往一發不可收拾，表現於文體，即是大段大段的抽象思索，夾雜宗教史籍，多用冷僻漢語，文句濃重，一般讀者不免窒礙難行。不過，多數評者因為考量故事主題，諒解了《日蝕》的文體表現。

回到故事來說明。十五世紀中葉，正是瘟疫橫行、異端哲學氾濫的黑暗時代結束前夜。年輕的尼古拉一方面是個極端虔誠的聖道明教士，一方面對當時的異端審問制度失去信心，他以為，要完全將某種思想予以否定消滅畢竟是不可能的，唯有了解異端哲學本身，梳理矯正使其哲學安置從屬於吾人所信仰的正統教義之下，才是根本之道。——這樣的想法，固然出於對教義力量的真誠信仰，同時也隱藏著對知識力量的信服與渴慕，這正是歷來掌握知識權力之人難免為知識犯罪的誘因。

煉金術師的出現突顯了誘惑。煉金術自希臘文明流轉到中世紀，除了是煙霧繚繞的化學試驗之外，更是神祕主義的象徵。他們相信，物質世界的所有形態皆由水、土、火、空氣，四種基本元素根據不同比例所構成，因此，只要施加外部的影響與催化，泥土亦可變成黃金。在當前教會眼中，這類說法與行徑當然是對造物者的僭越與褻瀆，是魔鬼的藝術。神學僧尼古拉與煉金術師的交往，不得不小心戒慎，宛如行走在知識慾望與宗教律義之間的危顫地帶，稍一偏差，若非煉金術師成為不折不扣的異端，即是尼古拉的信仰瞬間成為一場欺妄。

主人翁尼古拉本想跋涉到佛羅倫斯去對異端哲學作更深的理解，但途中一名煉金術師的人格與知識，就已經使他思緒大亂，更別說當他眼見煉金術師在祕密山洞裡對著一個奇怪生物行禮如儀、虔誠愛撫之際，心靈是如何驚駭恐懼了。這個被囚禁在石壁裡，同時具有兩性性徵，「看起來既不是男性，也不是女性，也可以說，既是男性，又是女性」的生物，到底該不該稱為「人」呢？這個問題本身就語帶玄機，同時埋伏著各種回答的可能。從煉金術的基本假設——物質悉由大地之母所養育，是活的、可成長的生命體，人類若能摸索得知大地之母養育金屬的方法，便可依法製造之——來說，這道行高深的煉金術師搞不好真的創造、豢養了一個兼容雌雄兩體的怪異生物，不過，善於聯想的讀者，當然可以此象徵來質疑宗教的創世紀，或讀出全書欲言又止的性別情慾暗示，但無論如何，這忽然現身的雌雄同體者，似乎將小說前半部針對信仰的懷疑、渴求，以及世間相對的墮落、腐敗，予以形象化了；這說不清是生物還是鬼怪，分不清是美麗還是醜陋、是神聖還是褻瀆的生物，將尼古拉心內的曖昧與矛盾，拉扯得過分赤裸、過分肉慾了。

疾病開始蔓延，怪象謠言四起，這是碰觸禁忌與祕密的代價。但最終為村人舉發，也同時為村人犧牲的，不是神學僧尼古拉，也不是被孤立懷疑的煉金術師，而是絕非尋常的雌雄同體者。作為標題的日蝕，即出現在這被審判為邪惡異端的雌雄同體者焚燒之際。前一刻還無事照耀的太陽，在熾熱的火焰痛苦之中，慢慢地被黑影侵蝕蓋過，成為一顆黑色的太陽，日蝕，對中世紀的人來說，這事絕對妖怪。

我凝視火焰彼端這具肉體。凝視這令人懷念的肉體。我們每一個人都各自穿越了騰騰的熱氣，從每個方向凝視這具肉體。聞見了瀰漫四處的氣味，聽見燒不盡的聲響。瘋狂地愛撫吧。我想要回歸到那裡去。不知什麼時候，熱氣開始侵襲我，我感覺到自己正在觀看也被觀看著，感覺自己身上正在散發氣味，肌膚劈哩啪啦地燃燒起來。肉體綻裂，又再一次結合。我正被處以火刑。在痛苦中喘息，在快樂中陶醉。我是個僧侶，也是個異端。我是男，我是女。我是雌雄同體者，雌雄同體者就是我。猩紅光芒滿天。火柱燒抵天際。亮光遍照世界，顯現了所有超越質料的形相，證明了物質的真確存有。此時世界多麼美麗，多麼深具活力深具光彩！

當心神羸弱的中世紀群眾因為異象而尖叫、禱告、昏厥的時候，神學僧尼古拉在雌雄同體者的犧牲中感受到了這樣的痛苦與快樂，之前他與煉金術師，他與他所相信的上帝，以及他與他自己的純心，所反覆拉鋸的異端與正統、聖與賤、靈與肉等二元對立概念，在這一刻，似乎隨著雌雄同體者的命運，同時在火焰中被焚燒了，昇華了。

《日蝕》想要表達的主題在這裡明白燒亮出來，不過，這之前關於宗教論辯、煉金術操作、黑死病、村名怪譚、異端審判等廣博的史料知識，艱澀奇譎的敘述，可讓讀者費了不少力氣。

平野本人在許多場合提到對前輩作家森鷗外的敬慕，也不諱言《日蝕》的寫作風格，相當程度「參考了森鷗外的史傳文章」。這裡所謂史傳文章，可以森鷗外晚年所寫，或芥川龍之介諸多膾炙人口的作品為例，其重點與其是再現歷史，毋寧是利用歷史背景，來間接表達自己的意旨，特別是與創作當下時空格格不入的意念；從歷史借一段複雜、離奇的時期或事件，以緩和格格不入的衝突感覺，作者在乎的不是要為歷史事件作什麼充實或澄清，而是在那種特殊的氛圍下，他可說些什麼，說到什麼地步。《日蝕》選擇了西方文明從宗教威權進入個人啟蒙的重要轉換期，借一個神學僧對知識的慾望，對一套大而黑暗的秩序所做的質疑與抵抗，所要轉述的或許即是一個活在二十世紀末、把《森鷗外全集》給讀個爛熟，對中世紀思想史、希臘思想史、宗教史充滿興趣的少年所積累之「與年齡不相符、過時且怪異」的玄想與憂慮。

再者，平野開筆寫作《日蝕》的時間是一九九六年，彼時，因為東京地下鐵毒氣事件所暴露出來的真理教集團問題，正尖銳傷害了日本社會，人們不得不重新思索所謂宗教異端的問題，也不得不對知識分子的宗教性起了猜疑。每天出現在媒體上，振振有詞要經由藥物或儀式，將人之精神與力量提升到更高層次的真理教成員，多半是學歷亮眼、思緒敏銳清晰的年輕知識分子，而社會各角落，包括平野所在的京都大學，也都還存在許多初心不改的真理教團員。他們是一群當代的煉金術師？還是一群盲信者？這絕不該是個以三言兩語來定罪的問題。

《日蝕》以古寫今，十分曲折地觸到了日本社會的困惑與傷口，芥川賞評審委員認為它「雖描述古代的歐洲，但卻能夠得到現代人的理解與共鳴」，因或在此。其中日野啟三、池澤夏樹進而稱讚《日蝕》是「超乎二十三歲，活用正確知識，立意甚佳的觀念性作品，擴展了日本小說的地平線」。至於負面意見，則批評平野以冷僻題材為噱頭，旁徵博引有掉書袋之嫌，後半部雌雄同體遭受焚刑，陽具勃起等象徵描寫，失之荒謬，降為通俗怪奇小說層次。以一本《作家的價值》，敢言直行，令人印象深刻的文評家福田和也，對《日蝕》打的分數就不高，屬「大抵可稱之為小說」的水準。作品本身評價不一，議論紛紛，說來可能也是平野啓一郎以《日蝕》獲芥川賞一事之所以成為年度文學新聞的原因之一吧。

《日蝕》登上《新潮》之後，平野啓一郎接著發表了《一月物語》，時空由中世紀歐洲一轉來到日本明治三十（一八九七）年，所謂「文明開化」最積極的時代，西方「近代」概念源源湧入，一神經衰弱的年輕詩人，漫無目標在山裡旅行，被各色人物、走獸誘惑而脫離現實，跌入時空混亂的夢境與神遊，全書氣氛妖嬈美麗，以擬古文體寫自然，難解漢字比《日蝕》有過之而無不及。九九年後半埋首寫作《葬送》，以十九世紀中葉，音樂家蕭邦與喬治桑的戀情糾葛為中心，描寫二月革命前後的巴黎文藝界，以及政治制度、社會階層以及經濟行為皆處在劇烈變化中的歐洲日常生活。論完稿厚度與寫作時間，上下兩冊的《葬送》頗具重量，但在文體用字方面，倒十分流暢明白，貼合時空的戀愛與心理描寫，讀來有種翻譯小說的調性。

平野把《日蝕》、《一月物語》、《葬送》綜觀為三部曲形式，皆以歷史劇烈變化、新舊觀念消長的時空為焦點。《日蝕》發生於宗教秩序崩壞，人類試圖自我啟蒙的開端，天地為之一變。《一月物語》講的是東方關於近代化的種種幻想。《葬送》

則直接去到西方「近代化」的現場，看個人如何進入「近代生活」，如何成為近代「社會」組織的一個零件，一個孤獨的碎片。這些對過去劇烈變化的時空所作的肉眼觀察，或有助於我們看清身處當下，也正是另一個崩潰，新的生活型態即將形成的關鍵時代。

在芥川賞的贈獎典禮上，平野說：「我並不認為（《日蝕》）這種性格的作品能成為文壇的主流，但它能獲得芥川賞使其有了意義。」以後續作品《一月物語》、《葬送》的反應來看，平野的確卸下了《日蝕》暢銷四十萬冊的閃亮光環，不過，其寫作的「高志向」（芥川賞評審委員語）與高產量，畢竟是這一代年輕寫手少見的。目前已從大學畢業的平野啓一郎，是否會如大江健三郎、村上龍走出一條專業作家的道路，是否不辱「三島由紀夫再世」之名，持續保持創作的激情與獨斷，眼前都還難說，因為長跑才正要開始，希望芥川賞所給予他的「意義」，可以讓他化靈為糧，高耐度的寫下去。

在譯文方面，本書盡可能保留了原文的繁冗僻字，不過，考量到閱讀理解的底限，有許多地方，也不得不作了些倒裝調整與斷句修飾，希望不至於折損原文魅力。又，冒著畫蛇添足的風險，中文版為人名、典故、術語，增附原文，加上有限註解，以利辨識；這方面要特別感謝輔仁大學蕭宏恩教授的專業審訂。最後，將平野啓一郎個人網頁（https://k-hirano.com/）附上，除了可瀏覽最新的著作資訊與參考評論之外，讀者或有興趣瞧瞧這位不吝打扮的作家風采。

國家圖書館出版品預行編目資料

日蝕 / 平野啓一郎著 ; 鹿玉譯 . -- 二版 . -
臺北市 : 聯合文學出版社股份有限公司 , 2025.01
208 面 ; 14.8×21 公分 . -- (聯合譯叢 ; 100)
譯自 : 日蝕

ISBN 978-986-323-654-2 (平裝)

861.57　　113020052

聯合譯叢 100

日蝕（日蝕）

作　　者／平野啓一郎
譯　　者／鹿玉
發 行 人／張寶琴

總 編 輯／周昭翡
主　　編／蕭仁豪
資深編輯／林劭璜
責任編輯／劉倍佐
資深美編／戴榮芝
業務部總經理／李文吉
發行助理／詹益炫
財 務 部／趙玉瑩　韋秀英
人事行政組／李懷瑩
版權管理／蕭仁豪

法律顧問／理律法律事務所
陳長文律師、蔣大中律師

出 版 者／聯合文學出版社股份有限公司
地　　址／(110)臺北市基隆路一段 178 號 10 樓
電　　話／(02)27666759 轉 5107
傳　　真／(02)27567914
郵撥帳號／ 17623526 聯合文學出版社股份有限公司
登 記 證／行政院新聞局局版臺業字第 6109 號
網　　址／http://unitas.udngroup.com.tw
E-mail:unitas@udngroup.com.tw

印 刷 廠／沐春行銷創意有限公司
總 經 銷／聯合發行股份有限公司
地　　址／(231)新北市新店區寶橋路235巷6弄6號2樓
電　　話／(02)29178022

出版日期／ 2003 年 3 月　初版
2025 年 1 月　二版
定　　價／ 360 元

ISBN 978-986-323-654-2 (平裝)